まま
haha
はは
連れ子が元カノだった
Tsurego
Moto kano
8
そろそろ本気を出してみろ

東頭いさな
Isana Higashira
伊理戸結女
Yume Irido

南暁月
Akatsuki Minami
紅鈴理
Suzuri Kurenai
亜霜愛沙
Aisa Aso
明日葉院蘭
Ran Asuhain

「ギャルになりきるのです！　今だけ恥知らずになるのです！」
KOBE GALS COLLECTION!!

継母の連れ子が元カノだった８

そろそろ本気を出してみろ

紙城境介

角川スニーカー文庫

23024

目次 Contents

illustration: たかや Ki
design work: 伸童舎

誘うだけでも一苦労

伊理戸水斗◆黒猫との遭遇

いつものようにいさなと駄弁ってから帰宅すると、黒猫が居眠りをしていた。

もちろん、我が家でペットを飼い始めた事実はない。そもそもこの猫は、黒い猫耳と尻尾、そして扇情的な衣装を身につけただけの、ただのコスプレ人間だった。

まるで、主人が残した温もりで、暖を取っているかのような状況。

胎児のように身体を丸めて、長い黒髪をシーツに広げたそいつの顔には、幸いながら見覚えがあった。

「……何やってんだ、こいつは……」

義妹の寝顔を見下ろしながら、僕は呆れと戸惑いを半分ずつ含んだ呟きをこぼした。

ミニスカートで、胸元もお腹もがっつり開いていて、まるで水着のような露出度の服。

少し見る角度を変えるだけで、胸の谷間やパンツが覗けてしまいそうだ。

僕は、黒いスカートの裾から伸びる白い太腿を視界から閉め出しつつ、途方に暮れて溜め息をつく。

何がどうなったらこうなるんだ。

僕はどうするのを求められてるんだ。

伊理戸結女◆生徒会旅行計画

「ところで結女くん、来月の連休に何か予定はあるかな？」

一〇月三〇日。

中間テストも終わり、水斗への誕生日プレゼントも決まり、すっかり気が緩んでいたタイミングで、紅会長にそんな質問をされた。

「連休？　っていうと……」

「二十一日から二十三日までの三連休だね」

いつも通り、凛々しい声音で言う会長の頭には、可愛らしい猫耳が付いていた。

これは今日、生徒会室に入るなり、亜霜先輩が『ハロウィン！』の一言と共に被せたものので、私の頭にも付いている。一瞬、意味がわからなかったけど、今日は一〇月三〇日——ハロウィンの前日であり、そして日本のハロウィンには、いつの間にか『コスプレをする日』という意味合いが追加されていたのであった。

普段からコスプレ趣味があるらしい亜霜先輩は、今も段ボールの中からいろんな衣装を手に取っては、明日葉院さんの胸にあてがってにやにやしている。明日葉院さんは魂が抜け落ちたような顔でされるがままになっていて、私たちは彼女を生贄にすることによって、束の間の平穏を手にしているところなのだった。

「二十三日……って、勤労感謝の日でしたっけ」

十一月のもう一つの祝日——三日のほうなら、大切な用事があったけど。

「特に予定はありませんけど、どうしてですか？」

「実は、ちょっとした旅行を計画していてね」

「旅行……ですか？」

長期休暇ならともかく、ただの三連休で？

「十一月は大きな行事もないし、生徒会の懇親も兼ねてね。親戚に伝手があって、いい宿が取れそうなんだ」

「親戚に伝手……って」

どういう親戚？

「あー、ゆめちは知らなかったっけ？」

亜霜先輩が、明日葉院さんに水着みたいな布面積の衣装をあてがいながら言う。

「すずりんの家ね、笑っちゃうくらいのお金持ちなんだよ」

「ええー……」

可愛くて、頭が良くて、カリスマ性があって、その上お金持ち？　天は何物を与えたら気が済むんだ。

紅会長はフッとカッコよく苦笑して、

「制約も多い、面倒な家さ。その代わり、普通の学生にはできないことも多少はできる。有馬(ありま)温泉の一流旅館の予約を取るとかね」

「えっ、有馬温泉⁉」

そんなの普通、何ヶ月も前から予約しておかないといけないんじゃ……。

「有馬温泉って神戸(こうべ)だっけー？　今回は結構近場だねー」

しれっとした顔で明日葉院さんのブラウスを脱がそうとして、激しい抵抗を受けている亜霜先輩が言った。

「そうだね。電車で片道一時間。行って帰るだけなら学生の財布でも可能なくらいだよ」

神戸って兵庫よね。確かに京都からならそんなものか。

「今回って、前回があったんですか？」

「前はどこだったっけ。ドイツ？」

「それは庶務先輩と三人で行ったやつだろう？　生徒会で行ったのは北海道」

高校生三人でドイツ行ったの!?　どういう行動力……？

「生徒会で旅行なんて行ってたんですね。……ってことは……」

羽場先輩や星辺先輩と泊まりの旅行に行ってたのに何も進展がなかったってことに――

ぐるり、と一斉に、紅会長と亜霜先輩がこっちを見た。

「「何か？」」

「い……いえ……」

二人きりならともかく、グループの旅行でそうそう進展なんてあるわけないわよね！

うん！　普通普通！

「……旅行かぁ……」

思えば、あんまり行った覚えないなぁ。お母さんは忙しくて、私も本の虫だったから。

はっきりと覚えてるのって、小中の修学旅行くらい……？

「二十一、二十二、二十三日ですよね？」

「そうだね。二十一日に出発して二泊三日かな」

せっかくのお誘いだし行こうかなあ。私が家を空けたら、お母さんたちも夫婦水入らずで――って、十一月二十二日？

……いい夫婦の日だ。

これは天啓かもしれない。外泊でお母さんたちに時間をあげるのも、あんまり頻繁にはできてないし——もし、私だけじゃなく、水斗も一緒に、家を空けられるなら。

「……あの、確認なんですけど」

「うん？　なんだい？」

「その旅行……ウチの弟も連れていっていいですか？」

ふてぶてしいとは思いつつも、私は尋ねる。

水斗も一緒に行ってくれたら、お母さんたちに時間をあげられるし。

何より……一緒に旅行なんて、お盆の帰省を除いたら初めてだし。

もちろん、生徒会に関係のない水斗を連れていけるとは思えないけど……！

心に予防線を張る私に、紅会長はにんまりとした笑みを向けた。

「いいじゃないか！」

断るどころか、いいことを聞いたとばかりに手を叩き、会長は亜霜先輩のほうを見やる。

「男子がジョーだけでは可哀想だと思っていたところだったんだ。そういうわけで愛沙、キミも星辺先輩を誘ってきたまえ」

「え!?　あたしが!?」

「他に誰がいるんだ？　どうせあの人は大学も決まって暇なんだから。結女くんも、弟くんの許可をもらってきたまえ。彼、旅行になんて興味がなさそうだからね。手練手管を尽くして連れてきてくれ」

「て、手練手管って……」

ど、どうやって？

私は亜霜先輩と困り顔を見合わせた。言われてみれば、あの水斗が私の仲間内の旅行なんかについてくるはずがない。なんて説得すれば……。

「ちょうどいいのが、そこにあるじゃないか」

そう言って、紅会長は亜霜先輩の傍（そば）にある段ボール箱を指差した。

いろんなコスプレ衣装が入っている、段ボール箱を。

「普通に誘ってダメそうなら、普通じゃないことをするしかないだろう？」

伊理戸結女◆ハニートラップ（見切り発車）

……私は微睡（まどろ）みからゆっくりと意識を浮上させた。

あれ？　私……寝てたんだ。

ぼんやりした意識で、ぼんやりと直前の記憶を思い返す。確か――

「…………………」

薄く瞼（まぶた）を上げたその瞬間、私は傍に誰かが立っているのに気付いた。

水斗が、私を見下ろしていた。

「――――!?」

慌てて瞼を閉じ直す。と同時に、眠る前の記憶が明瞭に蘇ってきた。

そう……一〇月の末。生徒会の旅行に水斗を連れてこいと命じられた私は、とはいえ大事な誕生日の前だし……と、その決行をひとまず先送りにした。

しかし、それから一週間ほどが経った今日、『そろそろ人数を確定させたいから早く誘ってこい』と紅会長にせっつかれ、ついに、この一週間、死蔵していたそれの、封を解かざるを得なくなったのだ。

それ――つまり、水着みたいな露出度の、黒猫コスプレ衣装の。

どうせ水斗や先輩たちにしか見せないなら、文化祭のときはダメだったちょっと露出度高めの衣装もアリなのかなー、なんて興味を示してしまったのが運の尽きだった。

あれよあれよという間にこの服を先輩たちに押しつけられ、『貸すから写真送ってね！』『使うかどうかは自由だが、使えるものがあるのに使わないのはヘタレの誹りを免れないよ』などと退路を断たれてしまったのだ。

先輩たちには、私が水斗のこと好きだって、はっきり言った覚えはないんだけど――ただ人のコスプレ姿が見たいだけだろう亜霜先輩はともかく、紅会長のほうは絶対確信犯よね？　文化祭のときにバレた？　もしくは、人間観察が得意だという羽場先輩から報告が行ったのか……。

　ともあれ、この服で自分から突撃する勇気がなかった私は、学校から帰ってくる水斗を待ち伏せることにした。不意打ちで動揺させて、すかさず例のきょうだいルールを発動！　旅行の約束を取り付けるという算段だった。

　算段だった……んだけど……。

　私は水斗のベッドに腰掛けて、部屋の主が帰ってくるのを待っていた。自分の姿を見下ろしてはそわそわして、意味もなく部屋の様子を眺め回し——

　そこから先の記憶がない。

　寝落ちだった。

　な、なんでこんなときに……！　なけなしの計画が全部狂った！

　反射的に起きてないふりをしてしまったせいで、今更起き上がることもできない。完全に機会を逸した。私は瞼を閉じたまま、すぐ傍に立つ水斗の気配と、降り注ぐ視線を感じることしかできなくなった。

　ど、どうしよう……！　どうしよう……！

　目を開けられないから、短いスカートがどんな状態になってるかも確認できない。だらしないパンモロ状態ではないってことくらいはわかるけど、裾が乱れている可能性はある。だ、大丈夫？　ショーツ見えてない？　寝たフリしてると脚の位置も調整できないぃぃ……！

無防備な胸元やお尻が気になって仕方がない。今、まさに水斗にガン見されているかもしれないと思うと、そわそわと言い知れないざわつきが胸の中で脈打つ。

自分からモーションをかけてるときとは感覚が違う。見せるのと見られるのとでは全然別物！　見せてるときは水斗も警戒して遠慮がちになるけど、見られてるときは、まるで剝き出しの欲望を浴びせかけられているようで――

……いや。いや、いや！　日和るな。私は以前の私ではない。生まれ変わったのだ！

確かにこれは、居眠りが生んだ偶発的な状況。けれど、この服で迫るつもりだったのは最初から！　これは見られているのではない。見られているように見せかけて、見せつけているのだ！

私は東頭さんのことを思い出す。友達だからと完全に気を許して、およそ異性に見せるべきではない姿を、無防備に水斗に晒しまくっている、あの天然サキュバスのことを。

あれを再現するのだ。

無防備なフリをして誘惑し、もし……手を、出してきたら！　その瞬間を押さえて、旅行に同行する言質を取る！

コペルニクス的転回。コロンブスの卵。ゴルディアスの結び目。

この発想の逆転ができるのが、今の伊理戸結女なのだ！

「……うう～ん……」

いかにも寝言っぽく唸りながら、私は横向きにしていた身体を仰向けにする。

寝返りを打つ瞬間！　私は東頭さんを観察した経験から、この仕草が恐ろしく色っぽいことを知っていた。

今、初めて自分でやってみて――その理由がはっきりわかった。

――ふるんっ。

身体を転がしたときの、衝撃が。

私の胸を……柔らかく揺らしたのが、わかったのだ。

あうっ、うあ、ああああああ‼

み、見られたぁ……！　絶対見られたぁ！　私だったら見るもん！　東頭さんのおっぱいが揺れるとき、私も絶対見ちゃうもん‼

両腕を頭の横に広げ、身体を無防備に晒すような姿勢になったのも悪かった。見られてる気がする。視線に感触があるわけでもあるまいに、ノーガードで天井に向けている胸の膨らみを、しげしげと鑑賞されている気がする！

加えて、寝返りを打ったことで、スカートの状態がますますわからなくなった。

裾、乱れてない？　脚、広げすぎてない？　でも変に太腿閉めたら起きてるってバレちゃうし……！　ううう、ショーツ見えてるかも……！　今日は、確か、うん、そんなにダサいやつじゃなかったと思うけど……。――それなら、ちょっとくらい、いいかも……？

頭の中がぐるぐるしてきた、そのときだった。

ぷにっ、と。

剝き出しの太腿を、指でつつかれた。

えっ……？　え？　ええ⁉

さ、触られた⁉　水斗に⁉　なんだかんだで水斗のことだから、結局、何事もなく終わると思ってたのに！

私が寝てるから？　起きてる間はカッコつけて興味なさげにしてるけど、見られてないとわかればケダモノになるってわけ⁉　ひ、卑怯者ぉ！　ムッツリスケベ！　ヘタレ！

ぎっ、とベッドのスプリングが軋んだ。

水斗がベッドに膝を掛けたのだ。それから、私の腰の横に手をつく気配。

え？　何する気……？　何する気⁉

密やかな息遣いが、私の身体に近付く。それは、お腹の辺りから、徐々に私の顔に近付いてくる。胸の上を通り抜け、露出した鎖骨に、熱い吐息を吹きかける。

あ……！　あ、あ……！　ぞわぞわして、むずむずして、ぐるぐるして——

「——ちょっと今はまだ——！」

限界だった。

気付いたときには、身体の上にあった肩を押しのけながら、勢いよく起き上がっていた。

い、いろいろ準備とかできてないし！　いくら元カレだからって、踏むべき順序があると思うし！　こんな情欲に任せてっていうのは私的にちょっと怖いっていうか――！

「――あ。起こしちゃいましたか？」

「…………え？」

目の前から、女の子の声がした。

今し方自分が、肩を摑んで押しのけた人物。

その顔を、私は正面から見つめて、呆然と口を開けた。

「…………東頭さん…………？」

「はい。お邪魔してますー」

東頭いさなは、能天気にそう挨拶した。

伊理戸水斗◆同行の条件

いさなと駄弁ってから帰宅した、とは言ったが、別れて帰宅した、とは言っていない。

今日はなんとなく、僕の家に寄っていく流れになったのだ。だから、僕のベッドで寝息を立てる黒猫を発見したとき、そのすぐ横には東頭いさなが立っていたのだ。

そして、好奇心がすべてに優越するらしい彼女は、誰に許可を取ることもなく、当たり前のように太腿をつついたり、胸元に顔を近付けたりし始めたのだ。

「いやあー、コスプレJKの肌、超エロいなーと思ったらついー」

「なんでそういうときだけ遠慮しないの!?」

あまりにも躊躇(ためら)いのない犯行だったため、目の当たりにしていた僕も何も反応できなかった。推理小説でたま～に遭遇する、『堂々としていたら逆に気付かれない』というトリックを身をもって体験してしまった。

「……で？」

とはいえ。

人の身体を無遠慮に眺め回す奴(やつ)も非常識だが、人の部屋のベッドで黒猫姿になって眠りこけている奴も、同等以上に非常識である。

「なんでこんなとこで居眠りしてたんだ、黒猫ちゃん」

「く、黒猫ちゃんって言うな……」

僕のベッドの上で女の子座りをしたまま、結女はミニスカートの裾をぐいっと引っ張った。その仕草を、いさながが無表情でじーっと見つめた。表情に出ないが、相当興奮しておられる様子だ。

「ちょ、ちょっと、誘いたいことが、あって……」

「はあ？　じゃあなんでその格好？」

「なんか流れでそうなったの！　これで誘ってこいって会長に言われたの！」

会長？　あの人か……。そういえば、文化祭の企画プレゼンのとき、コスプレ姿で登場してたっけな。コスプレ好きなのか？

あの天才少女先輩の発案だと言われると、この意味不明な行動にもなぜか納得してしまうところがある……。

「……それじゃあ、なんだよ、誘いたいことって。単刀直入に言ってくれ」

「そ、それは……」

上司の指示があったとはいえ、滅多にしない露出度過多な格好をしてまで、僕を誘いたかったこと——一体なんだ？　正直、全然想像がつかない。

結女は僕の顔をちらっと見上げて、

「……旅行、一緒に来ない？」

「…………旅行？」

「二十一日からの連休に、旅行に行こうって会長が計画してるの！　神戸のほうに！　ほら、十一月二十二日って『いい夫婦の日』って言うでしょ⁉　だから、その旅行にあなたも連れていけば、お母さんたちに二人きりの時間をあげられるかなって、思って……」

立て板に水の説明を理解するのに、僕は数秒間を要した。

十一月二十二日。いい夫婦の日。言われてみれば、確かにそんなのもあった気がする。

その日に二人きりの時間をプレゼントするのは、確かに親孝行なのかもしれない。

しかし……それって、結女が旅行に行っている間に、僕が川波の家にでも転がり込めば済む話なんじゃないか？

紅先輩が計画する旅行ってことは、生徒会メンバーで行くんだろうし、僕は邪魔なんじゃないだろうか。

僕の顔をじっと見上げ、返事を待つ結女を見て、僕はしばし口籠った。

あえて、僕も一緒にと誘う理由。……都合のいい解釈は、いくらでもできるけど。

「神戸ですかー。神戸って何があるんですっけ？　牛？」

妙な緊張が走る僕らをよそに、いさなが能天気に首を傾げた。

「有馬温泉の宿が取れそうって、会長は言ってたわ」

えーっと、と結女が記憶を探るように視線を上向けて、

「有馬温泉！　名前は聞いたことあります！」

「紅葉もあって、行くにはいい季節らしいの」

「へぇえ～。ところで、神戸県ってどの辺でしたっけ？　遠いんです？」

「……神戸は県じゃないぞ」

「兵庫県よ、東頭さん……」

「あれ？　そうでしたっけ？」

一応、我が校は由緒正しい進学校なんだが。大丈夫か？　こんな生徒がいて。いさなの世間知らずは今に始まったことじゃないが、少しくらいは常識を身に付けておかないと、何かしら作品を発表する立場になったときに恥を──

「──そうか。なるほど……」

呟いた僕に、結女が「どうしたの？」と目を向けた。

神戸旅行に、僕は大して興味がないが──これなら、アリかもしれない。

「旅行の件だが……一つだけ、条件がある」

「え？　な、何……？」

僕はいさなを指差して、言う。

「こいつも一緒でいいなら、僕も行く」

「……え？」

「……うえ？」

結女といさなが、揃ってぱちくりと目を瞬いた。

亜霜愛沙◆小悪魔を脱ぎ捨ててでも

「お帰りなさいませっ、ご主人様♪」

生徒会室のドアを開けたセンパイを、あたしはとびっきりの上目遣いで出迎えた。

身長187センチのセンパイは、20センチ上からあたしの姿を見下ろして、怪訝そうに眉根を寄せる。おやおや、まるで不審なものでも見るように。もっと興奮してもいいんですよ？

王道の猫耳コスプレはゆめちに譲ってあげたので、あたしは少し変化球にした。

チャイナドレスとメイド服を合わせたような、チャイナメイドコスである。

中華風の意匠とメイド服らしいヒラヒラ加減の融合が可愛くて、お気に入りの衣装だった。胸元のところに隙間が開いてるデザインだから、谷間を作り出すのがちょっと大変だけど、そのくらいあたしにとっては朝飯前である。

眉根を寄せたまま、黙りこくっているセンパイに、あたしはさらに攻勢をかける。

「さあさ、お入りください、ご主人様。今、お茶をお出ししますからね」

「……おい。これはもしかして、おれが突っ込むまで終わらないやつか？」

「突っ込むだなんて……日も沈まないうちに、いけませんよ、ご主人様？」

いやん、と身を捩らせてみせると、センパイは溜め息をつきながら、応接用のソファーに腰を下ろした。

あたしは壁際の棚まで行き、てきぱきとお茶の準備をする。センパイはそんなあたしを、背もたれに頬杖を突きながら眺めて、

「亜霜よぉ。不真面目な会長だったおれが言うのも何だが、生徒会室でふざけんのも大概にしておけよ。示しってもんがあんだろうが」

「ふざけてなんかいませんよ、センパイ？　愛沙は極めて本気です！」

スカートの裾をふりふり揺らし、あたしは緑茶を入れた湯飲みをセンパイの前に置く。その際、前屈みになって胸元を見せつけるのも忘れない。けど、そこはさすが、一年もの間、あたしに靡かなかったセンパイと言えよう。見向きもせずに湯飲みを手に取った。ずずず、とお茶を啜るセンパイの隣に、あたしはすとんっと腰を落とす。ついでに膝の辺りを軽くタッチしてみたけど、センパイは眉一つ動かさなかった。さすが手強い。だけど、今日のあたしはこの程度じゃ引き下がらない。なぜなら今日は、センパイを神戸旅行に参加させるというミッションを抱えているのだから！

「ところでセンパイ、最近、何か面白いことありましたぁ？」

「あー？　ねぇよ、別に。クラスの連中は受験モードに入っちまって、軒並み付き合い悪くなったからな。仕方ねぇが、仲間外れにされたような気分だよ」

「それでとっくに引退した生徒会で構ってもらってるんですかぁ。センパイったら寂しんぼなんですから♪」

「うるせえ。お前に言われたかねぇよ、亜霜」

「ええ～？　何がですかぁ？　うゆうゆ」

「きしょっ……」

ぷくくと笑うと、センパイは軽く鼻を鳴らす。面倒臭そうにしてても、センパイはなんだかんだで相手をしてくれる。決して打てば響くとは言えない、その面倒そうな反応が、いつしか癖になってしまった。

もう十一月。……卒業まで、あと四か月。

自由登校期間があるから、実際にはもっと短い。

考えれば考えるほどに、時間がない。センパイは面倒見がいいから、きっと大学でもたくさん友達ができて、飲み会とかに顔を出して、綺麗な女子大生とも出会って……高校のときの、ウザい構ってちゃんの後輩のことなんて、すぐに忘れてしまう。

……それは、やだ。

センパイなんて、べつに好きじゃないけど。……それは、やだ。

あるいは、すずりんは、あたしにチャンスをくれたのかもしれない。自分のことを棚に上げて、田舎の母親のごとく進展はあったかとせっついてくるあの天才女が、あたしに施した慈悲なのかもしれない。

これで何とかしろ、と。

上から目線で、機会を寄越してきたのかもしれない——なんかちょっとムカついてきたな。

何にせよ、このまま卒業なんてさせない。

だって、何だか勝ち逃げされたような気分になるし。……一度くらい。一度くらい——

あたしのことを、本気の目で見てほしい。

その、いつもやる気のなさそうな目を、本気にさせたい。

「——それじゃあ、遊びにも行けませんね」

だったら、あたしも。

ふざけず、からかわず、誤魔化さず——

——本気で、言ったほうがいいのかな。

「センパイ、実は——」

——一緒に、旅行に行ってほしいんです。

と、言うつもりだった。

心を入れ替えて単刀直入に、本気でお願いするつもりだった。

けど——ああーっ！ いきなりできるわけないって！ 今までずっとふざけながらコミュニケーションしてきたんだから！ 急にシリアスにはなれないって！

「あ？ 実は——なんだ？」

センパイが怪訝そうに眉根を寄せて、あたしを見る。

「……ええーっ、とぉ……実は、そう、実はですね！ 昨日、ガチャで大勝ちしまして！」

「聞いたっつの。ディスコでスクショ送り付けてきやがっただろうが」

「あ……そ、そうでしたね。えっと……あ、そうだ！　アペのパッチノート出てましたよね！　アプデ来たら一緒にランク潜りませんか!?」

「別にいいが、んなコスプレしてまで言うことか、それ？」

「うっ……」

ど、どうしようどうしようどうしよう。誤魔化そうと思えば思うほど、言いたいことからズレていくー！

あたしの頭がテンパりの兆しを見せ始めたとき、センパイは湯飲みの中身をぐっと飲み干してから、溜め息混じりに言った。

「旅行だろ」

「え？」

びっくりして顔を見上げると、センパイは湯飲みをテーブルに置いて、

「生徒会の引き継ぎと行事続きで、しばらく余裕がなかったからな。旅行好きの紅のこった、そろそろだろうとは思ってた。……何より」

センパイは横目であたしを流し見て、くっと口角を上げる。

「お前がそうやってしどろもどろになるのは、大体、何かお願いがあるときだ。上手(うま)くスマートに誘いたかったんだろうが、回りくどいだけで意味ねぇよ。才能ねえからスッと言

え」

それとも、と。

あたしなんかよりよっぽど悪戯な笑みを浮かべて、センパイはあたしを見下ろした。

「おれを旅行に誘うのがそんなに怖いか？　雑魚がよ」

「ざっ……！　雑魚ってなんですか、雑魚って！　怖くなんてありませんよ！」

怖いに決まってる。

もうすぐセンパイがいなくなるかもしれない。

もう失敗している暇はないかもしれない。

そう思ったら、怖いに決まってる。

……それでも。

「怖くなんて……ありません」

だから。

あたしはセンパイの膝に置いた手に体重をかけるようにして、身を乗り出す。

本気で。

間近から、センパイの目を覗き込んで。

「センパイ」

あたしを、高校時代の思い出になんかしないで。

「一緒に——旅行に行って、ほしいです」

伊理戸結女◆寂しがらせない方法

「え？　神戸に旅行？」

暁月さんは、かぶりつこうとしていたアンパンから口を離して、目を丸くした。

「そうなの。紅会長に誘われて……だから、三連休は遊べなくて。ごめんね」

私が両手を合わせると、麻希さんが「そっかぁ～」と机に肘をつき、

「先約があるなら仕方ないか。ってか、生徒会の人たちと仲良くやってんだね、伊理戸さん」

「一緒に旅行なんて相当やんなあ」

奈須華さんがマイペースにお弁当をつつきながら、

「伊理戸ちゃん、人見知りやから大丈夫かなあって、南ちゃん心配してたんやで～？」

「え？　そうなの……？　と、というか、私、人見知りだと思われてたの……？」

「どっから見てもそうでしょ～」

「どっから見てもそうやで？」

ば……バレてたの……？　だったら入学直後の頃、必死にイメージを守ろうとしていた

私は一体……？

「なっ、あっきー！」

「えっ？　……あー、うんうん！　そう！」

暁月さんはようやくアンパンを齧り、もむもむとリスみたいに咀嚼しながら、

「生徒会なんて、なんか厳しそうじゃん！　でも体育祭のとき話した感じ、思ったより気さくな人たちでさ～、あたしも仲良くなっちゃった！」

「それはあっきーがコミュ強だからでしょ！」

「仲良くなったって、全員となん？」

「女子の人は全員かな～」

え？　亜霜先輩や明日葉院さんと知り合ったのは知ってるけど、紅会長とも？

い、いつの間に……。暁月さんの人懐っこさは、私からすると常軌を逸している。

「たまにLINE送ったりしてるよ～。明日葉院さんは滅多に返ってこないけど」

それで『仲良くなった』と断言できるところが、真のコミュ強たる所以なんだろうなあ、と諦観していると、暁月さんはごくんとアンパンを飲み込んで、

「お土産期待してるね、結女ちゃん！　あの会長さんが企画の旅行とか、なんかすごそうだし！」

「うん。忘れないようにする」

暁月さんの表情は、いつも通り明るい。

けど、私は知っている。こんなに明るくて、誰とでも友達になれて、スマホの通知が途切れることのない彼女が、実は誰よりも、寂しがりなんだってことを。

……思えば、しばらく暁月さんと遊べてない気がする。

生徒会はもちろん大事だけど、それと同じかそれ以上に、暁月さんのことも大事なのに。


「各自、無事に誘えたみたいだね」

放課後、生徒会室に全員が集まると、紅会長は私と亜霜先輩を見て言った。

「思ったより時間はかかったけど、何、想定の範囲内だよ。結女くん、メンバーの増加に関しても問題ない。確かに彼一人だけで参加するにはアウェイすぎるからね」

「ありがとうございます」

東頭さんの参加はあっさり認められた。でも、水斗が東頭さんの同行を条件に出したのは、『喋(しゃべ)る相手がいなくて寂しいから』なんて理由じゃない。

最近、東頭さんはイラストを本格的に描いているらしい。

元々はライトノベルの表紙や挿絵を真似(まね)して、キャラクターばかり描いていたみたいなんだけど、最近になって背景にも興味を持ち始めたらしく、ネットでいろいろと資料を漁(あさ)

っていたそうだ。

けど、それにも限界があって、雰囲気のある、非日常的な景色を描こうと思っても上手く想像ができないのだとか。というのも、東頭家は基本的に趣味がインドア寄りで、旅行の類に全然行ったことがないのだ。

という話を、ちょうど水斗に漏らしていたらしい。

そこに、私からの誘いが来たわけだ——近場とはいえ、温泉といえば充分に非日常的なロケーションだし、東頭さんにインスピレーションを与えるのにはちょうどいいのではないか、と水斗は考えたのである。

……なんなの、あの男？　東頭さんの担当編集なの？

まあいいけどね。元から二人きりの旅行ってわけじゃなかったし！　でもこうなると、あの男、ずっと東頭さんと行動してしまいそうなのよね……。どうしよう……。

「なんか上から目線で言ってるけどさあ」

食ってかかるように、亜霜先輩が紅会長に言う。

「すずりんはちゃんと誘ったわけ？　ジョー君を。コスプレして！」

「わざわざ誘うまでもないさ。ぼくいるところにジョーありだよ」

……なんかずるい……。

亜霜先輩と揃って、私は唇を尖らせた。当の羽場先輩はいつも通り背景になって、粛々と生徒会の仕事を進めている。

「さて、これで参加者は八人になったわけだけど――」

「え？　ちょっと待ってください」

と、声をあげたのは、我関せずとばかりにパソコンに向かっていた明日葉院さんだった。

「八人って……もしかして、わたしも数に入っているんですか？」

「ん？　もちろんそうだけど……何か都合が悪かったかな？」

「い、いえ……会長と旅行、というのは、非常に、その、魅力的なんですが……」

もごもごと言った後、明日葉院さんはちらりと、遠慮がちに羽場先輩のほうを見た。

「……男子が一緒、というのは、さすがに、ちょっと。申し訳ありませんが、わたしは不参加としていただけると――」

「だーめーっ!!」

言葉を遮るように、亜霜先輩ががばっと明日葉院さんを抱き締めた。

「ランランも行くのー!!　じゃないとつまんない!!」

「……いえ、先輩。そう仰(おっしゃ)られてもですね」

「一緒に温泉入ろーよー！　洗いっこしよーよー！　生おっぱい見せろよー！」

「劣情をストレートにぶつけるのはやめてください！　羽場先輩もいるんですよ!?」

見ての通り、生徒会は女子が大半の空間なので、男子が入りにくい話題がちょくちょく出るんだけど、羽場先輩が気まずそうにしているのは見たことがない。歴戦のオーラを感じる。

「どうせお金はすずりん持ちなんだしさー、行かなきゃ損でしょー？　大好きなすずりんの企画だよー？」

「で、ですが……聞くところによると、生徒会以外の男子も来るそうじゃないですか……」

「だぁいじょうぶだって！　ゆめちの弟なんだし、そんなチャラい奴じゃないでしょ！ね？」

「ええ、まあ。もし明日葉院さんにちょっかいをかけようものなら、私が責任を持ってシメます」

東頭さんの例があるし、万が一がないとも言えない。明日葉院さんとしても、水斗のことは学年トップを争う相手として意識しているはずだし——ライバル心が、こう、くるっと反転してしまうってことも、この世にはあるのだし。……考えれば考えるほど、私が水斗を意識し始めたきっかけに似てて怖いし！

「ほら、ゆめちもこう言ってるよ？」

「いや、ですけど、男子なのには違いないじゃないですか！　男子と旅行なんて——」

「（——一日中すずりんと一緒だよ？）」

亜霜先輩は明日葉院さんの耳に口を寄せ、悪魔のように囁いた。

「(朝から晩まで、四六時中一緒だよ？　朝の寝惚けた顔も、夜の微睡んだ顔も、全部見放題だよ？　こんなの、他の子はみんな知らないよ？)」

「うっ……わ、わたしはそんな、邪な目では――」

「(すずりんの背中、流したくないの？)」

「ううううう～～～っ……!!」

エクソシストに浄化される悪魔憑きのように苦しむ明日葉院さん。

明日葉院さんの紅会長への感情が、もはや尊敬を超えて信仰の域に達しているのは私も知るところだ。好きなものにより近付きたいと思うのは、別に恋愛に限った話じゃない。

「(後悔すると思うなぁ～……。一人取り残された三連休……。あー、今頃、すずりんと一緒に温泉に入ってたはずなのになあ～、って……)」

「――ああもう！　わかりました！　わかりましたよ！　行けばいいんでしょう!?」

「やったーっ!!」

亜霜先輩は、どうしてあんなに人の欲望を刺激するのが上手いんだろう……。

「それじゃあ、蘭くんも参加ってことでいいね」

さっきの悪魔の囁きが聞こえていたのかいないのか、紅会長は平然とそうまとめて、

「改めて、これで参加者は八人。女子が五人で男子が三人だ。……で、相談なんだけど」

「「「？」」」

「実は、取れた部屋が六人部屋と四人部屋なんだ。だからできれば、男女をもう一人ずつ誘ってもらえれば、ちょうど良くなるんだけど――」

あと二人。男女一人ずつ。

このメンバーに加えるとなると、相当信頼の置ける相手じゃないといけない。できれば、会長たちと面識があったり、初対面でも旅行の空気を壊さない人材……。

私の脳裏には、一番の友達の顔と、その幼馴染み（おさななじみ）の顔が浮かんでいた。

あの二人なら、条件はピッタリ合う。

問題があるとすれば――

「……？　なんですか、伊理戸さん。申し訳ありませんが、わたしに当てはありませんよ」

――問題があるとすれば、そのうちの一人が、いかにも明日葉院さんが嫌いそうなチャラめの人だっていうことなんだけど。

まあいっか。

「会長。それなら私に心当たりが――」

南暁月◆贖罪（しょくざい）する道化

勘違いしないでよね。結女ちゃんに誘えって言われただけなんだから！

「…………………」

ツンデレだ。

誰がどう聞いてもツンデレだった。

「ああ〜……どうしよ〜……」

あたしは枕を胸に抱き、ごろごろとベッドの上を転がる。

生徒会長さん主催の旅行に、結女ちゃんから誘われた。

それ自体はすっごく嬉しかった。置いていかれるようで寂しかったから尚更嬉しかった。

二つ返事でＯＫした。

けど、問題は結女ちゃんに出された条件のほう。

――男子部屋に一人分空きがあるから、川波くんを誘ってきてね

通話越しだったけど、断言しよう。

あのときの結女ちゃん、絶対にやついてた。

勉強合宿のときからだけど、結女ちゃん、あたしと川波のこと絶対に邪推してる！　そんな笑えるような関係じゃないんだって！　デリケートかつネガティブな関係なんだって！　興味本位で煽らないでよ！　あたしがいつも好き勝手に口出してるからってさあ！　恋バナ好きなところも可愛いけど！

「……はあ」

どう誘えばいいんだろ。

普通に誘ってもダメだ。何せあの男は天下御免の自意識過剰——あたしから旅行になんて誘ったら、勘違いして恋愛感情アレルギーを発症するに決まっている。

他人から恋愛的に好かれていると察知すると、蕁麻疹ができたり吐き気を催したりするっていう、あいつの難儀な体質を、知っているのはあたしだけなのだ。

厄介なのは、実際にはその気がなくても、あいつ自身がそう感じたらアウトってことで。

……あたし以外だったら、何の問題もなかったんだろうけどなあ。

あたしは、まあ——少なくとも過去に一回は、あいつにそういう気持ちを持っていたことがあるって、バレているわけで。

ついでに言えば、その失恋を馬鹿みたいに引きずってるのもバレてるわけで。

可能性しかないわけで。全身どこを見ても脈だらけなわけで。

もちろん、あいつから見ての話ね？

「どうしよっかなあ〜〜〜」

こうして転がっているうちに、誰かが解決してくれたらいいのになあ〜〜〜。

時間的な猶予はあまりない。できれば今日中に誘っておいて、と結女ちゃんには言われていた。

でも、仮にも女が、仮にも男をさあ、旅行に誘うって、普通に考えたら下心しかないじゃん。しかも温泉でしょ？　朝から晩までお風呂でもずっとイチャイチャしようね、っていう意味じゃん！　結女ちゃんは伊理戸くんをどうやって誘ったの⁉

考えすぎなのかなあ。二人きりってわけでもないんだし、伊理戸くんとか東頭さんとか、見慣れたメンバーが参加するわけだし。変に身構えて誘うほうが、むしろ下心があるっぽく見えちゃうかも――

――ポコンッ。

スマホが通知を鳴らして、あたしは反射的に手に取った。

〈メシ食った？〉

あたしはビクッとして固まる。

川波からだった。

〈食ってないならファミレス行こうぜ〉

あたしはしばらく停止したけど、もう既読は付けてしまっている。早いところ、しかも自然に返さないと怪しまれる。

〈またかあ～。そろそろ飽きない？〉

〈手作り料理を用意してくれるってんなら考えるぜ？〉

ホントこいつは。そんな体質のくせに、なんで煽るようなことを言うわけ？

喧嘩（けんか）は買おう。あたしは反撃のメッセージを打つ。

〈あたしに胃袋摑まれても知らないぞっ♪〉

〈似合わな〉

オエ～っとなっている絵文字を添えたメッセージに、あたしは軽く唇を尖らせる。あたしだって、やろうと思えばぶりっ子くらいできるもん。

それにしても、このくらい冗談丸出しなら大丈夫なんだなあ、こいつ。まあそうか。これもダメだったら日常生活に支障がある。

「…………あ、そうか」

冗談にしてしまえばいいんだ。

「おっ待たせっ♪」

「おー……――おお？」

マンションのエントランスで合流した川波は、振り返るなり珍獣を見たような顔になった。

今のあたしは、完全なる変身を遂げていた。

フリル多めのブラウスに、普段はあまり穿かないスカート、髪もポニテではなく、下ろしてロングにしている。靴は女子力全開の丸っこいローファーで、頭の上から爪先まで、どこに出しても恥ずかしくない『女子』の塊だった。

しばし硬直していた川波は、ぴくりと口元をひくつかせ、

「お前……どんな負けず嫌いだよ……」

「似合う？」

無視して、くりくりっと上目遣いで詰め寄った。

「似・合・う？」

「あー……似合う似合う。やっぱその背丈だと、ロリコンが好きそうな服が似合うよな」

「ふふふふふ」

殺すぞー？

これは『大学の新歓でいたいけな新入生をお持ち帰りしようとしてる女』のコスプレなんですけどー？

内心の殺意はおくびにも出さず、てってっ、と可愛い足取りで川波の隣に陣取る。

「それじゃ、行こっかぁ」

「続けんのかよ！　つーか何その間延びした語尾。ディテール細けーよ」

「（質感が大事だから。ねっ？）」

「囁くな囁くな！」

あえてくっついたりはせず、ギリギリ体温を感じられるくらいの距離で、ファミレスを

目指して歩く。

よし。

このモードなら、あたしが何をやっても本気だとは受け取られない。旅行の件も切り出しやすくなるというものだ。あたし天才！

行きつけのファミレスに入り、店員さんに案内されてテーブル席に座る。自然と壁側に腰を下ろしたあたしは、メニューを手に取って「うーん」と首を捻り、

「柔らかチキンのチーズ焼きで」

「その格好の女が食うもんじゃねえ」

「えぇ〜？　チーズ可愛いじゃぁ〜ん」

「とりあえず『可愛い』って言っておけばそれっぽくなると思ってねーか？」

バレた。

まあ解像度は低いくらいでいいのだ。川波はハンバーグステーキとライスを注文し、あたしはスマホをいじり始める。

溜まった通知にちゃっちゃか目を通していきながら、いくつものグループトークを梯子して返信していく。結女ちゃんに言わせれば、こうして複数の雑談を同時にこなすのは『神業』らしいけど、もうすっかり慣れたものだ。むしろ交ざれてない話題があると落ち着かなくて、自然とチャットを打ってしまう。

向かいに座った川波も同じで、お冷やを飲みながらスマホをすいすいと操作していた。小学校の頃はほとんど正反対の性格だったのに、環境ってやつはほとほと強力である。結女ちゃんたちが一緒にいるときは、スマホをいじっていても会話は途切れない。一分一秒でも時間を無駄なく使いたいと考える。

けど、こいつといるときは、静かになるときのほうが多い。お互い、それを気まずいなんて思わない。当たり前のことだと思ってる。

まるで別れ際のカップルか、……あるいは、家族か。

ふと思う。お互いに好き勝手なことをするなら、どうして一緒に食べに来たんだろう。連絡もせず、待ち合わせもせず、それぞれで勝手にファミレスに来たって良かったはずだ。なのにどうしてあたしたちは、それが当然のことのように、同じテーブル席に座っているんだろう？

かつての理由は、隣同士だったから。

その次の理由は、恋人同士だったから。

じゃあ今は？

幼馴染み、なんて関係は、破局と共に消滅した。今のあたしたちは元幼馴染みで元恋人――つまり、かつての関係の残像でしかない。

秋に転がっている蟬の抜け殻のように、今のあたしたちには中身がない。

過ぎった例えに、ふと思う。

そういえば、蝉の抜け殻を見なくなるのはいつからだろう？

時節はもう、十一月だ――

「そろそろ冬服を出さねーとなぁ」

スマホを見ながら、川波が独り言のように言った。

「もう肌寒いを通り越してるぜ。風呂がありがたく思えてきた」

残像は、いつまでもは残らない。

残るのは傷だけだ。あたしがこいつに付けた傷だけだ。

それを嬉しがれる厚顔さは、もうどこにもない。

あたしは別に、戻りたいとは思わないし、進みたいとも思わないけど。

償いたいとは――思ってる。

「――それなら」

方法なんてわからない。

ただ、このままじゃダメだってことは、確かだった。

「あたしと、温泉でも行く？」

川波はあたしの顔を見て、皮肉るように唇を曲げた。

そうだ。

そのためなら、あたしはいくらだって、道化を演じられる。

伊理戸結女◆自問

「結女ちゃーんっ！　あの件、オッケーね！」

学校で暁月さんにそう言われて、私は嬉しくなって両手を合わせた。

「ちゃんと誘えたんだ！　さすが暁月さん、行動力ある！」

「ちょっと誘うだけのことに、そんなに時間かかんないよ～」

「…………………」

そうですよね。

時間もコスプレもいりませんよね。

「しっかし、すごい大所帯だよね～」

言いながら、暁月さんはひーふーみーと指折り数え、

「全部で一〇人でしょ？　もう修学旅行じゃん」

「うん。さすがに動きにくいから、現地ではある程度分かれて行動するって、会長が言ってた。……二人きりの時間とか、作ったほうがいい？」

「それはこっちの台詞(せりふ)だよっ！」

からかうように言ってから、「でも」と暁月さんは、ちらりと視線を横にやった。

「もしかしたら——お願いするかもね」

視線の先には、水斗と話している川波くんがいる。

私ははたと気が付いて、

「ほ……ほんとに？」

「うん」

暁月さんが浮かべた笑みは、どこか、大人っぽく見えた。

「今回は——ちょっと、本気かも」

直接、訊(き)かれたわけじゃない。

たぶん、暁月さんは微塵(みじん)もそんなことは考えていない。

けれど私は、自然と考えてしまった。

——私は、本気になれてるかな。

無意識に、唇を触る。

人気(ひとけ)のない社で、花火に照らされながら、決意と共に触れさせたそれを。

私は、本気になれてるかな。

本気になって——何かになろうとしてるのかな。

異国情緒のパラレルデート

羽場丈児◆輝きのない願い事

俺は生まれついて、背景の中で生きることを了承していた。

雑踏に紛れるでもなく、群衆に隠れるでもなく、ただ、普通にしているだけで人の意識から外れる外見、あるいは雰囲気。生まれ持ったオーラの問題としか説明の付けられないその体質に、俺は困ったことこそあれ悩んだことなど一度もなかった。

俺程度にはちょうどいい。

誰の視界にも入らない、万人の死角こそが、取り柄のない俺には心地いい――むしろそれこそが、俺の唯一にして最大の取り柄だと言えた。

スポットライトは必要ない。

だって、この世にはいくらでも、他に優れた人間がいる。

例えば、人の懐に入るのが抜きん出て上手い人間。

例えば、自らの欠点に向き合うことをやめない人間。

例えば、身を削るほどの努力を当然のものと思える人間。

例えば——誰をも惹きつけるカリスマ性を、自然なものとして身に帯びている人間。

スポットライトは、彼ら彼女らにこそ必要だ。光を当てれば当てるほど、その身が元来持つ輝きが際立つようになる。

俺なんかに光を当てても、がらんどうのヒトガタが暴かれるだけ。

だから俺はモブキャラでいい。背景の中で生きていたい。それが俺の、一番の願い事。

なのに。

——ぼくと一緒に生徒会に入ってくれ、羽場くん
誰よりも輝きを放つ、俺とは最もかけ離れた彼女だけが、俺を背景から連れ出そうとした。

羽場丈児◆一癖では済まない旅行者たち

待ち合わせに早く行ってもいいことはない。どうせ俺は見つけられないし、みんなの目印になることもできない。だから時間ちょうどに到着して、すでに集まっているメンバーにするりと人知れず合流する。それがいつものやり方だった。

「――おっ、来たね。ジョー！　こっちこっち！」

もちろん、それは紅鈴理がいないときに限っての話だ。

世界中から人が集まる京都駅の中央口改札前で、紅さんは迷いなく俺を見つけて、大きく手を振った。

そんな綺麗な声で呼ばれると、俺に視線が集まるようで落ち着かない。俺は若干早足で、地下に入るエスカレーターの横に集まっている一団に合流した。

紅さんの私服を見るのは、少し久しぶりだった。下はハーフパンツにストッキングを合わせ、脚線を綺麗に出した大人っぽいコーディネート。反面、上はぶかっとしたブラウスで、ここだけ見ると子供っぽい。詳しくないけど、あえてちぐはぐな感じにするところに、紅さんのセンスが出ているのだろう。

紅さんは、小さな三つ編みにした横髪を振り子のように揺らし、悪戯っぽく微笑んだ。

「いつもよりちょっと早いかな。楽しみすぎて待てなかったのかな？」

「……メンバーを考えると、時間より早く集まりそうだと判断しただけです」

俺の声は小さく、辺りの雑踏に紛れてしまうほどだったが、紅さんは楽しげにくつくつと笑った。

「じゃあ、真面目なみんなに感謝しないとね。いつもより早めにジョーの顔を見られたんだから」

またこの人は、歯の浮くようなことを平気で言う。それもちょうど、一番近くにいる俺だけに聞こえるような音量で。

「ん？」と反応を窺うようにじっと見つめてくる翠玉色の瞳から、俺はさっと顔を逃がす。建前上は、集まっているメンバーを確認するために。

すでに揃っているのは、俺と紅さん以外には三人。亜霜さん、明日葉院さん、星辺元会長だ。生徒会でよく見る面子である。

亜霜さんはいつも通り明日葉院さんに抱きつき、明日葉院さんはいつも通りそれを鬱陶しそうに引き剝がしている。星辺先輩は、案内板の横で柵にもたれかかり、欠伸を嚙み殺しながらスマホをいじっていた。

集合時刻は朝の九時――そこそこ早い時間だが、元会長はこれで、時間はちゃんと守るタイプである。むしろ意外だったのは、生徒会のもう一人のメンバー――伊理戸さんがまだ来ていないことだった。

「結女くんは、他のメンバーを連れて今移動しているところだってさ」

俺の心理を勝手に読み取って、紅さんが言った。

「朝が弱い弟を叩き起こすのに時間を食ったそうだ。電車の時間には間に合うよ」

伊理戸さんの弟――伊理戸水斗か。

直接話したことはないが、俺はあの一年生に、一方的な苦手意識がある。何事にも他人事めいた顔をするくせに、重要なときだけは妙な存在感を発揮する——嫉妬か、あるいは同族嫌悪か。自分でも判断がつかないけれど、彼の顔を見ているだけで、どうにももどかしい気持ちになってしまうのだ。

「……ん。噂をすれば影だ」

「あ！　ゆめちーっ！　こっちこっち！」

行き交う群衆の中から、長い黒髪の女の子が、二人の人間を連れて小走りに駆け寄ってくる。

伊理戸さんは軽く乱れた息を整えながら、申し訳なさそうな顔で紅さんを見た。

「すみません、会長……ちょっと遅れました」

「問題ないよ。電車に間に合えばいいって言っただろう？」

俺はさりげなく紅さんの後ろに回りながら、伊理戸さんが連れてきた二人の人物に目をやった。

片方は文化祭実行委員会で見たことのある姿だ。伊理戸水斗。涼やかな細面で小さく欠伸をしている。髪には寝癖が残っていて、本当に朝には弱いらしい。最近、女子の中で人気が上がっているらしいのは、こういうところが原因の一つなのだろうか。

もう一人は初めて見る女子だった。ちょっと野暮ったい感じの女の子で、伊理戸水斗の横にぴったりとくっついている。体格は決して小柄ではないのに、その親にくっつく小鹿のような様子が、彼女を実際より小さく見せる。

東頭いさな……だったか。伊理戸水斗と付き合っていると噂されている女子だ。直接見るのは初めてだけど、この分だと本当なのかもしれない。怯えている様子なのは、初対面の人間が多いからだろう。典型的な人見知りのオーラを放っていた。

俺たちもそうだが、着替えなどの大きな荷物は、先んじて宿に送っている。だから三人とも手ぶらに近い格好だった。

「おっ、ゆめち。そっちの二人が？」

いつの間にかやってきた亜霜さんが、伊理戸さんの後ろの二人に興味を示すと、伊理戸さんが「あっ」と身体を横に退かし、

「紹介します。こっちが私の義理の弟で——」

「弟になったつもりはない」

「——はいはい。義理のきょうだいで、伊理戸水斗です」

伊理戸水斗は軽く会釈をする。卒なく人と距離を取っている態度だ。

けど、コミュ力お化けの亜霜さんは関係なく、「ふぅーん」としげしげ彼を眺め、

「そういえばどっかで見たことあるかも。近くで見るとカワイイ顔してるね？」

「……先輩、禁止ですからね」

そう言って、伊理戸さんは守るように、義弟の前に腕を伸ばした。

亜霜さんはわざとらしく首を傾げ、

「何が？」

「小悪魔禁止！」

「ひっどいなあ。あたしが男子と見れば誰彼構わず思わせぶりなことをするような女に見える～？」

「昔、羽場先輩にコナかけてたって聞きましたけど⁉」

てへぺろ、と亜霜さんはあざとい誤魔化し方をする。あのときは俺も対応に困った。

何気なく視線を振ると、亜霜さんの後ろで、明日葉院さんが敵意を滲ませた視線を伊理戸水斗に送っていた。

伊理戸さんに対抗心を燃やしていたということは、当然、伊理戸さんに次ぐ学年二位である伊理戸水斗もまた、彼女にとってのライバルだということだ。自分から喧嘩を吹っ掛けないのは、たぶん相手が男子だからだろう。

「それで、こっちが東頭さんです」

と、伊理戸さんが紹介すると、野暮ったための女子は伊理戸水斗にくっついたまま、「よ、よろしくお願いしゃまふぁふぁ……」ともごもご言って頭を下げた。

「ん、よろしくー！　あたしは亜霜愛沙！」

「よろしく。ぼくは紅鈴理だ」

と、亜霜さんと紅さんも挨拶を返すものの——

——すいっ……と。

その視線が、引き寄せられるように、東頭さんの胸元に滑るのがわかった。

「……ほほう。これはこれは」

「噂には聞いていたが、なんともはや……」

俺は紳士のマナーとして、決して不躾に眺め回すようなことはしなかったが、彼女たちは遠慮も何もなくガン見だった。急に骨董品を鑑定する専門家のような顔をして、「うーん」とか「ふむ……」とか鹿爪らしい呟きを繰り返し始める。

いくら女子同士でも無遠慮すぎるだろう……と思ったところで、

「僭越ながら注意させていただきますが、女性の胸を眺め回すのは、たとえ同性でも失礼ですよ、先輩方」

二人の後ろにいた明日葉院さんが、溜め息混じりにそう言った。

紅さんたちは振り返り、

「いやあ、すまない。さすがのぼくも圧倒されてしまってね」

「見るでしょこれは！　誰だって見る！　断言するねあたしは！」

「言い訳にならないでしょう……」

明日葉院さんが呆れた顔をする一方で、俺はすでに気付いていた。

その明日葉院さんの、小柄さに不釣り合いな胸元を、興味津々な目で見下ろしている人間がいることを。

「ＯＨ……」

東頭さんが感嘆の声を漏らす。

「……リアル・ロリキョニュー……」

「誰がロリ巨乳ですって⁉」

即座に聞きつけた明日葉院さんが、眉を逆立てて東頭さんに詰め寄った。

「すっ、すみませんっ！　正確にはトランジスタグラマーって言うんですよね！」

東頭さんはびくーんっと肩を跳ねさせて、

「言い方の問題ではありませんっ！　あなただって初対面の人に胸のことを言われたら不愉快でしょう！」

「ほ、本当にすみませんっ……！　アニメかゲームでしか見たことのないドスケベボディだったのでつい……！」

「ドスッ……⁉　ケ、ぇぇぇぇぇ……⁉」

「あわ、あわわわわ」

顔を真っ赤にしてボルテージを上げる明日葉院さんを前に、東頭さんはあわあわ言う機械となった。伊理戸さんが慌てて仲裁に入っていく。

なるほど。どうやらあの子は、余計なことを言いがちなタイプらしい。

伊理戸さんが面倒を見るだろうとは思うけど、先が思いやられるな……。

そうこうしているうちに、最後の二人が通行人を掻き分けるようにしてやってきた。

「おっまたせしましたぁーっ！」

弾むようにして駆け寄ってくるのは、明日葉院さんと同じくらい小柄なポニーテールの女子だった。その後ろから、髪色を明るくした小綺麗な男子が、まるで保護者みたいにゆっくりとした足取りで追いついてくる。

ポニテ女子は紅さんの前で立ち止まると、深々と頭を下げた。

「南暁月ですっ！　今回はよろしくお願いしますっ！」

「はは。体育会系だね、暁月くん。初対面でもないんだから、そんなに畏まらなくてもいいさ」

「へへへ。いろんな部の助っ人に入ってる間に影響されちゃいましてー」

紅さんはいつの間にか、あの南さんという一年と仲良くなっていた。紅さんも大概、交友関係の広い人だが、南さんのフットワークの軽さはそれ以上かもしれない。

「っすー。川波です。よろしくお願いしぁーす」

続いて、もう一人の男子——川波小暮が軽く会釈しながら言う。

紅さんは微笑みながら、

「うん。紅鈴理だ、どうぞよろしく。暁月くんの幼馴染みなんだって？」

「まあ、一番いい言い方をしたらそんな感じっスね」

南さんが凄味のある微笑みを浮かべた。

「ふぅーん？　川波ぃ、じゃあ一番悪い言い方をしたらどうなるのかな～？」

「……主人と奴隷、だな」

「どっちが奴隷だったか思い出させてあげよっかなぁ～？」

「ばッ、馬鹿やめろっ！　人がいんだぞ今日は！」

人がいなかったらどうなっていたのだろう。とりあえず、あそこの二人が相当親密なのは明らかなようだった。

二人は人間関係がマメなタイプのようで、俺たち先輩に一人一人挨拶していく。……明日葉院さんだけは一歩後ろに引き、川波くんの挨拶を上手く躱していた。確かに、明日葉院さんが嫌いそうなタイプだ。俺の目からすると、フレンドリーなだけでチャラいってほどではないんだけど。

「星辺先輩っスよね。お噂はかねがね」

「どうせろくな噂じゃねぇだろ？」

「いやいや、武勇伝っスよ」

川波くんは、星辺先輩にも臆さず接していた。先輩は大柄だし、髪型とかも少し不良っ

ぽいから、みんな大体、最初は怯えがちなんだけど、彼にそういう概念はないらしい。あ
あいう人が男子に一人いてくれるのは、正直助かるな。

これでメンバーが出揃った。

俺は紅さんの少し後ろから、案内板の前に集まった九人を見回す。

いつしか自然と、伊理戸さんが集めてきた一年生組五人と、俺たち生徒会組五人が分かれる形になっていた。

一年生組のほうは、伊理戸さんが中心となって、そこに川波くん、南さんが加わって中核を成している感じだ。残りの二人――伊理戸水斗と東頭さんが、一歩引いたところでそこそこ話している。

伊理戸さんはそんな二人に頻りに話を振って、会話に混ぜようとしている――いや、自分が混ざりに行こうとしているように見えた。そして、彼女がそういう気配を見せるたび、川波くん、南さんの両名がさりげなくサポートに回る。

なんとなく、あの五人の力関係が見て取れた。二人だけの世界にいるように見えて、その実はあの二人――伊理戸水斗と東頭さんが、あの五人の中心なのだ。それ以外の三人は、それにくっついているというか、振り回されているような印象がある。

……普通の仲良しグループではないな。

あれに比べれば、こっち――俺たち生徒会組は単純と言えた。いつも通り、亜霜さんは

星辺先輩に絡んでるし、明日葉院さんは紅さんに崇拝の目を向けている。いつもと違うところがあるとすれば、明日葉院さんが時折、伊理戸水斗に敵意を向けたり、川波くんに警戒の視線を送ったり、東頭さんを見て迷うような顔をしているくらいだ。

この面子で二泊三日か――

「――どうだい？」

急に視界に紅さんが入ってきたが、俺は動じなかった。

もちろん心臓は大いに跳ねたが、表情や態度に感情を出さないのには慣れている。

紅さんは、瞳に好奇心をいっぱいにしていた。どういうわけか、この人は俺が他人をどう見ているのか、異常なくらいに知りたがる。

「……正直に言っていいですか？」

「うん」

「九人は多すぎますね」

言うと、紅さんは困ったように苦笑した。

「当然のように自分を抜くな」

仕方ないだろう。

俺の目に俺自身は映らない。

映っているのは、あなたの高性能な瞳にだけだ。

伊理戸水斗◆はっきりしていないのは

顔合わせを終えた僕たちは、京都駅からJR京都線に乗って、一路、西へ向かう。

連休初日だが、運が良かったのか、固まって座れる程度には席が空いていた。ボックス席の窓側に僕が座ると、いさなが取り残されるまいと素早く隣に座る。正面の席には結女が座ってきて、斜向かいが空く形になった。

川波や南さんを含めた他の七人は、空いている他の席に向かっていく。しかし、この車両の椅子は全部二人掛けなので、どうしても一人あぶれてしまう。

結果、生徒会の小柄な女子(あす……なんだったか)が、通路の真ん中できょろきょろすることになった。

「明日葉院さん。こっち」

結女の手招きを受けて、小柄な女子――アスハイン?――がやってくる。彼女は、僕といさなを少し硬い表情で見比べると、目礼しながら結女の隣に腰を下ろした。

小柄だが、少し堅い印象を受ける女子だった。服装は簡素なシャツにベスト、下はジーンズで、ショートカットと相まってボーイッシュな感じがなくもない。歯切れが悪くなるのは、やっぱり、どうやっても目立ってしまうくらい、スタイルが女性的だからだろう。

視界の端で、隣のいさなが胸元をガン見している。

「えーと……さっき挨拶したっけ？　こちら、明日葉院さん。私の生徒会の同期」

結女が気を利かせて紹介するも、当の明日葉院さんは、「……どうも」と会釈するだけだった。なんだろう、僕を見る目に、そこはかとない敵意を感じるな……。

結女の同期ってことは、同じ一年か。……待てよ？　なんか話を聞いてたような……。

「あ」

思い出した。

「三位の人か」

「〜〜〜〜っ!!」

「どうどう！　明日葉院さん、どうどうどう！」

明日葉院さんが腰を浮かし、結女がすぐさまその肩を押さえた。

「もう！　言い方に気を付けてよ！」

結女がキッと僕を睨んで言う。

「明日葉院さんのことは事前に話しておいたでしょ!?　忘れたの!?」

「ああ、悪い。忘れてた」

「もお〜〜っ!!」

テストの順位がずっと学年三位で、一位と二位の僕らのことを敵視してる……だったっけか？　あんまり興味なかったから覚えてなかった。

「……余裕でいられるのも今のうちです」

明日葉院さんは、まるで親の仇（かたき）を見るような目で僕を睨む。

「次の期末ではわたしが上になっています。彼女にうつつを抜かしているような人に、負けるはずがありません！」

「彼女？」

「お隣にいるじゃないですか！」

ビッと指差された僕の隣――いさなは、手荷物から出したじゃがりこの蓋を開けているところだった。

「こいつは別に、彼女とかじゃないぞ」

「……そうなんですか？」

「ああ。嘘（うそ）はつかないよ」

「水斗君、じゃがりこ食べます？」

「ん」

「あ～ん」

「嘘じゃないですか!!」

失敬な。こう見えても嘘はあまりつかないタイプだぞ。ポリポリ。

いさなに差し出されるじゃがりこを半ば自動的に食べる僕を、明日葉院さんは怪訝そうな目で、結女は苦笑いで見る。

僕もいさなも、もはや周囲の理解を得たいとは少しも思っていないが、これから三日、行動を共にする相手に突っかかられ続けるのは面倒だ。少し深く説明しておくか。

「こいつは単に、他に友達がいないからその分、僕にじゃれついてるだけなんだよ。犬みたいなものだと思えばいい」

「あーっ！　それはひどくないですか⁉」

「よしよし」

わしゃっと頭を撫でると、いさなは「くぅーん……」と喉を鳴らして大人しくなった。

ほらな。

そのままいさなの耳たぶを摘まんでぷにぷにする僕を、明日葉院さんはしらっとした目で見やる。納得していなそうだ。

結女が苦笑しながら取りなすように、

「この二人はずっとこんな感じなの。気持ちはわかるけど、嘘は言ってないのよ、本当に」

「……仲がいいだけで付き合ってはいない、というわけですか」

「まあ、そんなところだよ」

簡単に言えば。

明日葉院さんは僕といさなを見比べて、ぼそりと言う。

「そんな、はっきりしない、都合がいい関係……不健全だと思いますけど」

一瞬。

ほんの一瞬だけ、身が固くなった気がした。

……さすが学年三位。言葉が鋭い。

ずばり言ってくれるじゃないか──正論を。

いさなとの関係に関しては的外れだ。僕とこいつの関係は『友達』──これ以上なくはっきりしていると、少なくとも僕たちは思っている。

はっきりさせていないのは。

ちらりと盗み見たとき、……結女もまた、表情を固めていたように見えた。

「あのー」

一瞬だけ固まった空気に、たぶんまったく気付くことなく、いさながおずおずと言った。

「……じゃがりこ、食べます？」

どういうタイミングだったのかは、いさなにしかわからない。

僕からわかる事実は、いさながおもむろに明日葉院さんにじゃがりこを一本差し出した、ということと、その乱脈な行動によって、空気がまた違う理由で固まった、ということだけだった。

明日葉院さんはしばらくの間、目の前のじゃがりこをじっと見て、

「……いえ、遠慮しま――」

「そう言わず」

「むぐっ⁉」

いさなはじゃがりこを明日葉院さんの口に突っ込んだ。明日葉院さんはハムスターのように、サクサクとじゃがりこを齧るしかなかった。

「……ふへ。可愛いです……」

その様子を見て、いさながうっとりと呟く。

どうやらずっと、タイミングを見計らっていたらしい。

初対面の人間を他人ん家のペットみたいに扱うなよ。

川波小暮◆不足のない今

およそ五〇分強に及ぶ電車の旅は、オレとしては非常に有意義なものになった。

なんだよ。生徒会っつーからお堅い集団なのかと思いきや、あっちこっちで匂うわ匂うわ。特にあの亜霜っていう先輩から元会長の星辺さんに向いてる矢印は、初対面のオレか

ら見てもあからさまだ。

遊びでからかってるようにも見えるが、オレの目は誤魔化せねえ。要所要所で垣間見える本気の照れ、本気の喜び——小悪魔ムーブに隠されたガチ恋が、ひどくいじらしくて可愛らしい。

「くっくっく……」

「えっ？　キモっ」

隣の暁月がドン引きの目を向けてきたが、まあ許してやろう。こいつがこの旅行に誘ってくれなけりゃ、生徒会のこんな内部事情なんて知りようがなかったんだからな。

今期の生徒会といやあ美少女揃いで大人気だが、ファンには悲報になっちまうな。そりゃあ誰だって、恋愛するなら近しい相手だ。ま、オレみたいな例外もいるが——

「みんな、降りるよー」

神戸駅より少し手前、三ノ宮駅で降りて、外に出る。

ドーンと京都タワーが聳えてる京都駅前に比べたら、パッと見は大して珍しくもない、商業ビルが建ち並ぶだけの街並みだったが、見覚えのない風景ってだけでも、異郷に来たという感覚がふつふつと芽生えてくる。何よりビルがでけえ。京都にはないからな、でけえビル。

「宿に行く前にどっか寄るんだっけか？」

と訊くと、暁月はスマホ画面を見せてきながら、

「異人館街だって。昔建てられた洋館がいっぱいあるところらしいよ」

「へー。洋館か。伊理戸さんが好きそうだな」

「そうそう。シャーロック・ホームズなら、オレも子供んときにちょっと読んだことがあるぜ。面白そうじゃん。ホームズの部屋を再現したところがあるとかでさー」

「──うわっ!? 何これ!? ちょっ、見て見て！　クソお洒落なスタバあるんだけど！」

「あん？　おい、近すぎて見えねーって──うおっ、マジだ！」

暁月が見せてきた画像を見て、オレも目を剝いた。別にお洒落なカフェが好きなわけじゃねーけど、そこは洋館を改装したとかいうところで、まるで洋画の舞台みたいだった。

「ね、ね、これ行こーよっ！　結女ちゃんとか東頭さんたち連れてさー！」

「いいな！　あの出不精どもに、スタバの注文の仕方を教え込んでやろうぜ！」

いえーっ！　と、二人してテンションをぶち上げる。

昔からつるんでるだけあって、こういうときは気が合うのだ。最近は伊理戸さんに変なモーションをかけることもなくなって、警戒することも少なくなり、昔のような気楽な距離感を取り戻しつつあるような気がする。

正直、こいつの傍は居心地がいい。

あとは可愛らしいカップルだけ眺めていれば、オレは充分に満足だ。

星辺遠導（とうどう）◆一人でなんて許さない

後輩どもの旅行に付き合うのは何も初めてじゃない。一応は最年長ってことになってるが、紅がいると楽なもんだ。仕切りは全部あいつがやってくれる。あいつを生徒会に引き込んだ過去のおれの慧眼（けいがん）には、さすがのおれも恐れ入るってもんだ。

楽するために獲得した推薦受験ではあったが、いざこうなってみると宙ぶらりんな感覚が否めねえ。受験ムード一色となった教室には馴染（なじ）めず、同じ学年の連中はどいつも必死に勉強してて、何に誘うにも遠慮しちまう。いくら気分転換っつったって、受験からいち抜けしてるおれが言ったら、嫌味（いやみ）にしかなんねぇからな。

結果、つるめるのはとっくに引退した生徒会の後輩だけ、と。あーあー、我ながら寂しい奴（やつ）だ。

……まったく久しぶりだよ。取り残されたような、この感覚は。

肩がぶっ壊れたときとは、比べ物になんねぇけどな――

「じゃあ、班を作って分かれるよ」

三ノ宮駅から山側に向かって坂道を登ること、大体十五分。洋館が建ち並ぶ様子が遠目に見えてきたところで、紅がチケットを一同に配りながら言った。

「道がそんなに広くないからね。一〇人では動きにくい。二つか三つくらいに分かれて行動しよう」

下調べも万全ってわけだ。

まあ、班分けは自然と決まるだろう。おれら生徒会組と、伊理戸が集めてきた一年生組。ちょうど五対五になるしな。

あるいは、まあ——一人で回るってのも悪くねぇか。

そう算段しながら欠伸をしたおれの腕を、不意に摑む手があった。

「——センパイ！」

「お？」

ぐいっとおれの腕を下に引っ張ったのは、亜霜だった。

もはや見慣れた、よく言えばガーリー、悪く言えば痛々しい、ひらひらした人形みたいな服を着たそいつは、どこか据わった——覚悟の決まった目で、おれの顔を見上げていた。

そして言う。

「愛沙と——二人で行きませんか？」

「は？」

ぎゅうっと、放すまいとするかのように強く、亜霜はおれの腕を握り締めた。

伊理戸水斗◆恋愛は人生のすべてじゃない

強引に星辺先輩を連れ去っていく亜霜先輩を見送ると、結女が隣でぽつりと呟いた。

「……先輩も、今回は本気なのかな……」

「本気？」

「あっ、いやー……こっちの話」

愛想笑いで誤魔化されるものの、まあ、あんな様子を見せられたら誰だって想像はつく。

生徒会も意外と浮ついてるんだな。紅鈴理も会計の人とイチャついてたし。本当に堅物そうなのは、あの小柄な女子——明日葉院さんくらいだ。他人事(ひとごと)ながら、肩身が狭くないのだろうかと心配になってしまう。

「ま、あの二人は放っておいたほうが良さそうだね」

紅先輩が言って、結女のほうを見た。

「結女くんは彼らと一緒に行くんだろう？」

「あ……はい」

「じゃあこっちはジョーと……蘭(らん)くん、どうする？」

明日葉院さんは紅先輩と結女の顔を見比べて、「えっと……」と少し迷った後、

「では、会長と一緒に……」

「そうかい。じゃあ行こうか」

会計の人と二人っきりじゃなくても良かったのか？

なんて邪推を挟む暇もなく、紅先輩は手際よく僕たちに言う。

「それじゃあみんな、昼くらいに、少し坂を降りたところにあるスタバで集合にしよう。二階にたくさん人が入れるリビングルームがあるから」

そう言って、紅先輩、明日葉院さん、会計の人は去っていった。

川波が、それを見送りながら謎に口の端を上げる。

「結局、見慣れた面子になったな」

残ったのは、僕、結女、いさな、南さん、川波の五人。まあ順当な組み分けだろう。

「いーじゃんいーじゃんっ！　今日顔を合わせたばっかりで、いきなり集団行動っていうのも気を遣っただろうしさ！　ね、東頭さん？」

「んー……わたしは水斗君さえいれば、大して変わりませんけど」

「そういえば君、電車の中でも意外と口数が多かったな。初対面の人間がいたのに」

「いやあー、人見知りもぶっ飛ぶボディをしてますよあの子はー」

うん。初対面にセクハラするくらいだったら人見知りしてたほうがよかったな。

南さんが微妙な苦笑いになり、

「同じくらいのボディをしてる人が言ってもねえ……」

「初対面でいきなり胸を鷲掴（わしづか）みにした人が言っても同じことよ、暁月さん」

「てへっ☆」

南さんはわざとらしく舌を出した。僕の周りの女子はなんでみんな中身がセクハラ親父（おやじ）なんだ？

「んで？　どこから回るんだ？」

川波がスマホで、おそらく異人館街のマップを見つつ、

「伊理戸さん、行きたいとこあるんだっけか？」

「あ、うん。そうなの。その、英国館ってところなんだけど……」

「んじゃそこから行こうぜ。ここから近いみたいだしよ」

「おっけー！　れっつごー！」

弾むように南さんが歩き出し、僕たちもそれに続いていく。

と、くいくいといさなが僕の服の裾を引っ張り、こしょこしょと小声で話しかけてきた。

「（水斗君、水斗君）」

「（どうした？）」

「（大丈夫ですか？　水斗君も……結女さんと二人きりにしなくても）」

何を言うかと思えば……何言ってるんだ、こいつは。

「（あのな、東頭。今回の旅行、僕が誰のために来てると思ってるんだ）」

「(えっ？　ゆ、結女さんのためでは……？)」

「(そこまで恋愛脳じゃない。言っただろ、君の取材になるからだって)」

「(うえっ……？)」

「(君を誘ったのは僕だ。君を放り出したりはしないよ。それが責任だろ)」

当たり前のことだろうに。

いさなはぱちくりと目を瞬(しばたた)いて、「ふへ」と気の抜けた笑みをこぼしながら、ちりちりと前髪をいじくった。

「(あ、ありがとうございます……。そ、それでは、遠慮なくまとわりつきますね？)」

「(常識的な範囲でな)」

言うなり、ぴとっと肩をくっつけてくるいさな。それは非常識な範囲の可能性があるが……まあいいか。どうせこの面子には今更なことだ。

確かに僕は結女のことが好きだが、だからってすべての行動基準がそれになるわけじゃない。

バランスを取っていきたいものだ——かつての失敗を繰り返さないためにも。

伊理戸水斗◆名探偵は美少女に限る

白い壁に、洋画やファンタジーもののアニメでしか見たことのない、両開きの鎧戸が付いた窓がいくつもある。二階建てで、ミステリの洋館なんかに比べると小さいものの、それは日本の街中にあっては充分に異国情緒を溢れさせていた。

門を潜ると、入口の脇に帽子掛けとハンガーラックが置いてあった。それぞれに、様々な色の鹿撃ち帽とインバネスコート——シャーロック・ホームズの衣装が掛けてあった。

「わっ！　これ、自由に着ていいの⁉」

「え～！　かわいい～！　ねっ、結女ちゃん何色着る⁉」

「うーん……王道はベージュだけど、赤とか青も結構可愛いわね……」

「東頭さんは⁉　文化祭のときケープ似合ってたよね～！」

「うえっ⁉　わたしもですか⁉」

南さんにいさなも引っ張られていき、女子たちがきゃいきゃいとハンガーラックの前で衣装選びを始める。取り残された僕と川波は、その様子を後ろから眺めつつ、

「ちょっと色が違うだけなのに、楽しそうで結構なこったぜ」

「君は興味ないのか？」

「空気によって変わるな。あんたが着ないならオレも着ないことにする」

「気遣い感謝するよ」

「まあ、帽子やコートは割とどうでもいいけど、パイプはちょっとかっけーよな～！　ほ

ら、ホームズってパイプ吸ってるイメージじゃん！」

「君のチャラい見た目でパイプをくゆらせてもひたすらダサいだけだぞ」

「オブラートに包めよ！　言葉をよ！」

どうでもいい話をしている間に、結女たちが戻ってくる。

先陣切って南さんが、跳ねるようにしてケープの裾を翻した。

「へっへ～♪　二人とも、どう？　どう？」

南さんが選んだのは青いインバネスコートだった。インバネスコートとは、ざっくり言えば肩回りを覆うケープがくっついたコートのことだが、小柄な南さんがそれを着ると、コートというよりポンチョというイメージが付きまとう。

そういう意味では可愛らしいと言えるが、まあ、僕の出る幕ではないだろう。

川波はふむーんとわざとらしく南さんを検分した後、

「いいんじゃね？　雨の日の小学生みたいで」

「どこが雨合羽だ！」

「痛てっ！」

案の定、太腿にけたぐりを受けていた。

南さんの後ろから、二人の女子がそわそわと落ち着かない様子で僕のほうへやってくる。

「ふっふっふ……お待たせ」

赤を基調とした鹿撃ち帽とインバネスコートをまとい、何やらドヤ顔めいた表情をしているのは結女のほうだった。

一方で、いさなのほうは白基調のインバネスのケープを、少し怪訝そうに指で摘まんで見下ろしている。

「どう？　いいでしょ！」

と、結女は自慢するように自分の探偵姿を見せつける。コートも帽子もチェック柄が入っていて、よく言えばカジュアルな雰囲気だが、これは、なんというか――

「……これって、シャーロックというよりミルキィのほうじゃありません……？」

いさながぼそっと呟いた。

詳しい元ネタはわからなかったが、言わんとすることはわかった。

色のせいで（おかげで？）より一層コスプレ感がすごい。

施設側が用意したものだからいいんだろうが、ミステリの瀟洒な雰囲気とは合わない色彩なのではなかろうか。それでいいのか、ミステリマニア。

結女はむーんと鹿爪らしい顔をして僕の足元辺りを見下ろし、

「あなたはアフガンで軍医をしていましたね」

「してないが？」

「えへ。一回着てみたかったのよね、インバネスコート……えへへ……」

くるっ、くるっ、と身体を捻り、ケープとコートの裾を翻してはご満悦に笑う結女。まるで子供のようなはしゃぎようだ。普段、真面目ぶっているのも相まって、その姿は――

「ね、ね。……カッコいい？」

期待に満ちた目で、結女は僕に問いかける。

カッコいい……というよりは。

だいぶ、可愛い寄りだと……思うけど。

「……心なしか、頭良さそうに見えるな」

本心を押し殺し、僕は当たり障りのないコメントをした。

結女は破顔して「ありがとう！」と素直に言うと、スマホを取り出しながら南さんのほうに向かう。写真を撮るらしい。

……言えたほうが良かったんだろうな、本心を。

でも僕はもう、素直に言葉を紡ぐやり方を、すっかり忘れてしまっていた。

伊理戸水斗◆本の向こうにしかいなかったもの

「ふぇおあっ⁉　てっ、天井から顔が⁉」

「ホームズがどこかを覗き込むシチュエーション――『マスグレーヴ家の儀式』かしら？

でもあれは地下室か何かを覗き込むシーンだし、ワトソンともまだ会ってなかったはずだけど……」

「おおーっ！　これがホームズの部屋かあ！　あれ？　マネキンが二つ置いてあるけど、どっちがホームズ？　どっちもこのコート着てないじゃん」

「室内でコートを着てるはずないでしょ、暁月さん。そもそもこの格好は挿絵画家の創作で――」

「この壁の……弾痕？　なんだ？『VR』って形になってるように見えっけど。ヴァーチャルリアリティ？」

「ヴィクトリア！　当時のイギリス女王！　それはホームズが暇潰しで壁を撃った跡！」

英国館の二階――ワンフロアが丸々、シャーロック・ホームズ世界の再現空間となったそこでは、結女がオタクぶりを遺憾なく発揮していた。

基本的に優等生ぶって澄ましているこいつが、こんなにオタクを丸出しにするのは珍しい。それだけ、この館のゴシックな雰囲気と、ホームズの世界を再現した空間に感激しているのだろう。

……でも、僕の記憶が正しければ、結女はどっちかといえばホームズよりも、クリスティとかクイーンとかを愛好していたような気がするが――まあ、ホームズはミステリや名探偵を好む者にとっては、単なる好みを超えた存在みたいなところがあるから、関係ないのだろう。

館内を一通り回ると、今度は庭園に出た。

「おおー……いかにも！　って感じの庭だー」

異種様々な草花や庭木を植えた花壇を、白い石畳の遊歩道がぐるりと囲んでいる。南さんの言う通りいかにもな洋風庭園だったが、奥側の一角にはロンドンの地下鉄駅——ベイカー・ストリート駅——を再現したエリアがあった。

白い屋根の下に、待合用のベンチがある。左奥には、黒いインバネスコートをまとったシャーロック・ホームズの等身大パネルが立っていた。

そのエリアを見つけるなり、いさなが奥の壁際のベンチに座り、「ふぃー」と息をつく。

「ちょっと休憩するか。坂も登ってきたし」

「そうね。私もちょっと歩き疲れたかも……」

はしゃぎ疲れたの間違いだろ。

僕と結女が、いさなに続いてベンチに腰を下ろす一方で、南さんが「うぇーい！　撮って撮ってー！」と陽キャ丸出しでホームズ等身大パネルの隣に並んでいた。川波がそれをスマホで撮ってやっているのを眺めていると、

「むむん……」

隣のいさなが、手荷物の中からタブレットを取り出した。

　そしてカメラを起動すると、正面に広がる庭園と英国館を画角に収め、パシャリと一枚。撮ったそれをしばらく眺めてから、何かアプリを起動して、タブレットケースのペンホルダーからペンを抜き取った。

　そして、膝の上にタブレットを置き、画面の上にペンを走らせていく。

「ここで描くのか？」

「ただのラフですよー」

　ほんの十数秒で、タブレットの画面上には洋館の輪郭が浮かび上がっていく。さらにいさなは迷いなく、細かい装飾を描き込み始めた。

「ふむふむ……こういう感じにすると洋風になるんですね……」

　館内を回っている間も、いさなは壁や天井の意匠、調度品などに着目して、片っ端から写真に撮っていた。絵に必要なのはどういう情報なのか、感覚でわかっているように。

「…………………」

　別に僕は、編集者でもないしプロデューサーでもない、ただの一般的な高校生に過ぎないが……なんとなくわかる。

　才能のある人間か、そうでないか。

　彼女は明確な前者だと、理屈でない部分が言っていた。今現在の作品の出来ではなく、思考の方向性、行動の基準、そういうものを総合的に見て、東頭いさながいわゆる天才の部類であると判断している。

才能の芽生えに早いも遅いもない。小学生の頃からコンクールで賞を総なめにするような天才もいれば、成人してから初めてペンを取って時代を代表するようになる天才もいる。

彼女の場合は、それが高校一年になるんじゃないか。

普通のオタクとして、既存作品の模倣で満足していた情熱が、自身の技術向上へとフォーカスされたこの時期——あとから考えたとき、あれが画期だったのだろうと、きっと思い返すことになるターニング・ポイント——僕は今、その瞬間に、立ち会っているんじゃないか。

見る見るうちに解像度を上げていく洋館の絵から、いつしか目を離せなくなっていた。

ただの四角に、柱がつき、窓がつき、ベランダが、手すりが、奥行きが——

——そのとき、いさなとは反対側に置いた手を、誰かに握られた。

強くはない。引っ張られたわけでもない。ただ、そっと重ねるようにして、ひんやりした感触に手を覆われた。それだけで僕はハッとして、そちら側に振り返った。

結女が、自分の膝に視線を落としたまま、僕の手に自分の手を重ねていた。

まるで、僕をこの場に縫い留めるように。

何を言うでもなく、僕を見るでもなく。

「…………」

「…………………」

結女は何も主張しなかった。自分の考え、訴えを、視線に乗せることすらしなかった。

だからこれは、僕の勝手な妄想なのだろう。

その横顔が——どこか寂しそうに見えた、なんて。

……僕は今、彼女を置き去りにしようとしたのか？

わからなかった。咄嗟に判断がつかなかった。これは僕のネガティブな妄想に過ぎないのか？　それとも、いさなの才能が本物だと判断したように、僕の本能が何かを総合的に見てそう判断したのか？

ただ、僕の中には二つの事実がある。

一つは、伊理戸結女のことを確かに好きだということ。

もう一つは——それとはまったく別の意味で、東頭いさなに魅入られつつあるということだった。

羽場丈児◆二人だけの幸運

俺の定位置はいつもどこでも変わらない。集団の最後尾。前を歩く人々の背後に見切れる位置。だから今も、俺は紅さんと明日葉院さんの背中を、二歩分ほど後ろから見つめている。

紅さんは穏やかに後輩へと話しかけ、明日葉院さんは緊張気味に、憧れの先輩に相槌を返している。紅さんは人と仲良くなる速度も天才級だが、さすが半年間も憧れ続けていただけはあって、明日葉院さんは未だに話すのに慣れていないらしい。

そうしながら歩くこと数分。狭い路地のような坂を登っていくと、円筒状の塔のようなものを備えた洋館が見えてきた。

推理小説に出てくるような、まさに洋館である——白っぽい外壁には鱗のような形のタイルがびっしりと貼り付けてあり、だから『うろこの家』と呼ばれているらしい。名前まで推理小説みたいだ。

訪れるのは数名の奇妙な客だけ——なんてことはなく、普通に大学生っぽい集団や老人会か何かと見える観光客グループが、俺たちより先に館の門を潜っていった。

俺たちも続いて門を抜け、観光客の列に並び、受付を済ませると、館の前庭に入る。

前庭の真ん中には、人間大ほどもある猪の銅像が鎮座していた。

紅さんと明日葉院さんは、まっすぐ伸びる玉砂利の道を行き、猪像に近付く。

「ポルチェリーノ……」

明日葉院さんが像の横に立てられた看板を見て呟いた。

紅さんも同じように看板を覗き込みながら、

「鼻を撫でると幸運に恵まれる、だってさ。ほら、見てごらん。鼻だけ撫でられすぎてピカピカだよ」

「あ、本当ですね。ここだけ金でできてるみたい……」

「ポルチェリーノ氏もいい加減辟易しているかもね。ここは遠慮して、できるだけそっと撫でてあげるとしよう」

「紅会長には、幸運なんて必要ない気がしますけど……」

「そんなことはないさ。キミがこの旅行についてきてくれたこと――いや、蘭くんと出会えたことだって、ぼくにとっては幸運以外の何物でもなかったのだから」

「そ、そ、そんな……！」

常々思っているのだけど、紅さんは男に生まれていてもモテたに違いない。よくもまあ、あんな歯が浮くような台詞を大真面目に言えるものだ――しかもそれが冗談にならないのが、紅鈴理という人のすごいところである。

……本当に、冗談にならないんだよな。

返す返すも、明日葉院さんが一緒に来てくれたことは僥倖だった――もし紅さんと二人きりになっていたら、一体どんな『冗談』に襲われていたことか。

しばらく猪の鼻を撫でた二人が踵を返し、入れ替わりに俺が銅像の前に立つ。

俺は別に、パワースポットの類を信じるタイプではないが――せっかく来たのだから、触っておかなければ損した気分になりそうだ。

俺はそっと、金色に剝げた猪の鼻に手を伸ばし――

――横からすっと伸びてきた手と一緒に、その先端に触れた。

「…………!?」

手を伸ばした紅さんが、間近から俺の顔を見つめて口の端を上げていた。

「これで、ぼくにもキミにも幸運があるね」

猪の鼻に触れた俺の小指に、自分の小指を重ねながら、

「さて――どんな幸運をご所望かな？」

俺の顔色を楽しむように、くつくつと笑う。

いくつかの思考が瞬間的に脳裏を巡り、だけど、そのどれも表に出すことはなく、俺は、紅さんから目を逸らしながら、努めて冷静に答えた。

「……俺ごときでは、想像もつきません」

「なるほど。『お任せ』というわけだ」

紅さんはすっと銅像から手を離して、再び踵を返す。

そして、

「（とびっきりの幸運を約束しよう。楽しみにしていたまえ？）」

甘い響きを俺の耳元に残し、明日葉院さんを追いかけていった。

「…………………」

俺は遅れて像から手を離し、二人の後を追いながら、少しだけ感触の残る小指を手のひらの中に握り込む。

——勘違いするな。勘違いするな。勘違いするな。

紅さんは俺にしか見えない背中の後ろで、小指だけを主張するように立てていた。

星辺遠導◆願いのないがらんどう

「行きたいところがあるんですよ、センパイ！」

おれの腕に自分のそれを絡ませて、亜霜はぐいぐいとおれを引っ張っていく。

生徒会で初めて会った頃から、亜霜はいつもこんな調子だった。疎まれることを恐れず、躊躇なく他人の懐に踏み込んでいく。

常に誰かに構ってもらわなけりゃ落ち着かない性分なんだろう。何せ『ちやほやされるために生徒会に入った』と公言しているくらいだ。でも、羽場相手にやりすぎて紅を怒らせてからは、もうすっかりおれに照準をシフトしちまった。

うざったいと思ったことは、そりゃあ何度もある——っつーか、常に思っている——が、どうにも拒みきれねぇのがこの後輩の不思議なところだった。

なんつーかな……曲がりなりにも一年、あの紅の横で生徒会をやりきったことからわかる通り、別に頼りねぇってわけじゃあねぇんだが——放っておくとどうなるかわかんねぇような雰囲気も、同時にあるんだよな。

おれみたいなのにへばりついてる時点で、友達が少ねぇのは丸わかりだ。おれが卒業したらどうするつもりなんだ？　って、他人事ながら心配めいた気持ちにならなくもない。

おかげで、おれまで生徒会に依存してるような立場になっちまった——最初はちょっと様子見に行くかと思っただけで、こんなに長居するつもりはなかったんだがな。

ったく、今は受験勉強に忙殺されてる元庶務のあいつが、立派に思えてきたぜ。

「ネットで見たんですけど、お願い事が叶うパワースポットがあるらしいんです！」

息がかかりそうなくらいの距離なのに、亜霜ははしゃぐような声で言った。

おれは「あー」と納得して、

「パワースポットか。好きそうだなあ、お前」

「え？　なんでですか？」

「お前絶対、中学の頃、黒魔術とかにハマってただろ」

「ハマっ……て、ないですよ？」

「目ぇ逸らさずに言え」

あからさまに動揺して目を泳がせていた亜霜は、あざとく唇を尖らせて、

「仕方ないじゃないですか！　女子中学生なんてみんなそんなもんですよ！　ノートに魔法陣を描いてみたり、グロめのホラーにハマってみたりするんです！　センパイだって腕に包帯巻きつけたりしてたでしょう⁉」

「いるかよ今時。そんなあからさまな中二病。……おれはずっとバスケやってて、そんな無駄な自己顕示欲を発揮してる暇なんざなかったんだよ」

「はあ～、意識が高いことで結構ですね。さぞ女子にもおモテになられたんでしょうね」

「どうだかな。よく覚えてねぇわ」

「うっそだぁ。バスケ部なんてみんな女食ってるに決まってるじゃないですか」

「大偏見をまき散らすなや」

亜霜はくすくすと笑って、上目遣いでおれの目を見つめた。

「わかってますよ、センパイに彼女がいなかったことくらい」

「勝手にわかってんじゃねぇよ」

「誰でもわかると思いますけどね？　今のセンパイを見たら」

彼女なんていそうもない芋野郎だってか？　そこまでじゃねぇと自分では思ってんだけどな。

亜霜により一層腕を絡められながら、おれは軽く首を傾げた。

そうしながら狭い坂を登っていくと、亜霜の目的地だったらしい洋館に辿り着いた。

入口の両脇で、鬼が灯篭を担いだ彫刻が睨みを利かせている奇妙な館だ。どうやら、元々あった洋館を利用した美術館のようなものらしい。

「ここに何があるって？」

「『サターンの椅子』です」

「座るとどんな願いも叶うという曰く付きの椅子です……」

ふふふ、と亜霜は魔女めいた笑みを浮かべた。

「サターンって、またいかにもな名前だなあオイ」

「いえ、悪魔のサタンじゃありません。ローマ神話のサターンです。土星の英語と一緒」

「あー、そっちか……」

「農耕の神様らしいですよ」

途端におどろおどろしさがなくなったな。

「何か叶えたいことでもあんのか？」

「ふふ。なんだと思いますか、センパイ？」

「そうだな……。『1万RTくらいバズりますように』とか」

「センパイ、愛沙のことを承認欲求の化け物だと思ってませんか？」

「思ってるに決まってんだろ」

「ひどい！　愛沙のことを見てくれるのは、センパイだけで充分なのに……」

「はッ」

鼻を鳴らして受け流し、おれたちは館内へと入った。

入って正面には階段があり、左右を見ればそれぞれ部屋がある。

右の部屋には、ねじくれた動物みたいな奇妙な彫刻が棚の上にぞろりと並べられている。

夜中に見たら寒気の一つもしたかもしれん。

そして左の部屋には、亜霜のお目当てがあるようだった。

「あれか……」

さらに奥の部屋へと続く開口枠の両脇に、豪奢（ごうしゃ）な赤いクッションの椅子が一つずつ設置されていた。

なるほど。玉座めいた雰囲気のある椅子だ。近付いてみると、背もたれの上部や肘掛けなどに、精緻な彫刻が施されていた。肘掛けなんか、腕を置くところの下に赤ん坊の彫刻が背を丸めて座っている。先に説明されていなかったら、悪魔の椅子だと言われてもあっさり信じちまいそうだ。

「向かって右が女性用、向かって左が男性用なんですってー」

「ふうん。見た目はどっちも変わんねぇけどな」

「同時に座りましょう、同時に！」

タイミングは関係あんのか？

疑義を挟む隙もなく、亜霜は開口枠を挟んで右側の椅子の前に立った。

「せーのっ！」

亜霜の掛け声に合わせて、クッションに尻を落とす。

ゴージャスなクッションは、見た目通りにおれの体重を吸収していく。が、やっぱりこんな彫刻だらけの椅子、座ってても落ち着けそうにはねぇな。

左を向くと、亜霜はピンと背筋を伸ばして椅子に座ったまま、両手を胸の前で組んでいた。ああ、そうか、願い事か――おれも一応、何か願っておくべきなんだろうな。

「…………」

数秒考えて、少し溜め息をつきたくなった。

なぜって。

自分の中をどれだけ漁っても――何も出てこなかったからだ。

「センパイ。願い事しました？」

組んだ手をほどいた亜霜が、おれのほうを見て言った。

「まあな」

「えー、教えてくださいよ！」

「お断りだ」

見方を変えれば、今の自分に満足してる、ってことなんだろうが――

――おれには、どうしても、自分が空っぽであるようにしか感じられなかった。

おれは椅子から立ち上がる。これ以上座っていても、おれには意味がない。

続いて亜霜も立ち上がり、てててっと弾むようにしておれの傍に寄ってくる。

「センパイって、あんまり欲ありませんよね。ゲームも無課金だし」

「うるせぇな。じゃあお前は何を願ったんだ？」

「え～？　……聞きたいですか？」

亜霜は煽るようににやついて、焦らすようにもったいぶる。

「それじゃあクイズです！　何をお願いしたと思います？」

「『有名になりたい』とか」

「違います」

「『金持ちになりたい』とか」

「違います！　愛沙、そんなにオリジナリティゼロの女じゃないんですけど！」

わざとらしく頬を膨らませる亜霜。高二の女がすることかっつの。

「オリジナリティなんて大層なもんがあんのかよ？」

「うーん、そう言われると、ありふれたお願い事のような気も……。あ、でも、やっぱり現時点では、このお願いをしたのは愛沙だけかもですね」

「ふうん？」

「言ったでしょう、センパイ？」

悪戯っぽく口の端を上げて。

誘うように細い指先をおれの顔に突きつけ。

亜霜は言う。

「センパイがモテないのは――ちゃんとわかってるんですからね」

咄嗟に文脈が読めず、おれは眉根を寄せた。

「はあ？　どういう意味だ？」

「どういう意味でしょ～♪」

くすくすと笑って、亜霜は上機嫌に先を歩いていく。

おれがモテないのはわかってる。そのお願いをしたのは亜霜だけ……。

「…………………」

おれは思考を打ち切った。

それをするだけのエネルギーが、おれの中にはなかった。

川波小暮◆幼馴染みがわからない

異人館を一通り回った後、やってきたスタバは、画像で見た通りの異空間だった。

ただでさえオシャレなスタバを、オシャレな洋館を改装して作ったら、そりゃあオシャレに決まっている。異世界アニメみたいなシャンデリア、窓、暖炉、ランプ——そこここにテーブルが置かれ、お客がコーヒーを嗜(たしな)んでいる様は、まるで上流階級のサロンにでも入り込んだかのようだった。

奥にある、ここだけは見慣れたカウンターで注文して、二階に上がる。

目的地は大きなリビングルームだ。八人掛けの長テーブルが真ん中に置かれ、その奥の壁には黒板ほどもある横長の絵が飾られている。両脇には目線より上まで積まれた洋書の塔。わざとらしいくらいの演出だった。

「お、お洒落(しゃれ)です……！　お洒落すぎます……！」

オレたちももちろん感動したが、特に東頭の奴(やつ)は目をキラキラと輝かせていた。こいつみたいなオタクには、普通のスタバみたいな普通のお洒落空間よりも、こういうフィクションめいた空間のほうが肌に合うのかもしれない。

「ねっ、窓際行こーよ！」

「おー！　ソファーの置き方までお洒落……！」

窓際は扇状に窪(くぼ)んでいて、その形に合わせてソファーと丸テーブルが設置されている。マフィアのボスとかが真ん中に座っててんだよな、こういうの。

伊理戸が無言で端に座り、すかさず伊理戸さんがその隣に座る。前に比べると積極的になったよな、伊理戸さんも。前は肩を触れ合わせるのすら遠慮してたような感じだったのに、今は睫毛まで見えるような距離から、じっと伊理戸の顔を見つめて話しかけている。

その結果、定位置を失った東頭が、「えーっと……」と所在なげにしていた。こいつなら、伊理戸きょうだいを詰めさせてまで、伊理戸の隣に座るかもしれねーな……。そう思って声を掛けようとしたが、

「東頭さんはこっち！」

その前に、暁月の奴が東頭の手を引いて、円弧状に置かれたソファーの真ん中辺りに腰を下ろした。東頭は「あ、はい」と流されて、暁月の右隣に座る。

オレも伊理戸の反対側——暁月の左隣に座ると、幼馴染みにひっそりと囁いた。

「（宗旨替えか？）」

「（えー？　何が？　友達の幸せを願うのは当然でしょ？）」

どうにも胡散くせーな。こいつはまだ、伊理戸と東頭をくっつけるのを諦めてねーのかと思ってたが……。

暁月は横目でオレを見ながら、にんまりと笑う。

「（変なこと気にしてないで、いつも通りデバガメを楽しんでたら？　せっかく結女ちゃんたちを二人にしてあげたんだからさ）」

……怪しい……。

　伊理戸さんがころころと笑うのが聞こえた。楽しそうに身を乗り出して話す伊理戸さんに対して、伊理戸は相手の顔をまっすぐ見ようとせず、ちらちらと視線を送りながらぶつぶつと話している。今の二人の関係が――互いへのベクトルの向き方がわかるような、もどかしい様子だった。

　なのに、オレは隣を見てしまう。

　クリーム山盛りのフラペチーノを、ストローでチューっと吸っているチビの横顔を。

　小学生の仲が良かった頃も、中学生の付き合っていた頃も、別れて互いを避けていた頃も、和解してまたつるむようになってからも――なんだかんだで、こいつが何を考えて行動しているのかは、なんとなくわかっていたつもりだった。

　だから、初めてかもしれない。

　何を考えているかわからない――と、そう思ったのは。

羽場丈児◆自分自身を見る方法

「え〜!?　やっぱ！　めっちゃアガるここ〜！　撮影に使いたい〜!!」

　はしゃぐ亜霜さんと、他人のふりをした星辺先輩が合流して、一〇人全員が集合した。

　このままここで昼食を軽く済ませ、午後は宿となる有馬温泉に向かう予定だ。

宿はさすがに男女別で部屋を取ってあるので、ようやく肩の力を抜ける。この面子、あちこちで矢印が飛び交ってるのがわかるから少し肩身が狭い――それに、紅さんと一緒にいすぎると、何をしてくるかわからないし。

「(どうだい？)」

「うわっ⁉」

突然、耳に息を吹きかけられたので、俺は思わず声をあげてしまった。

横を見ると、紅さんが小気味よさげにくつくつと笑っている。

「いやあ、面白いな。何事も我関せずでいるキミも、耳だけは弱いんだから」

「……そんなことをされたら、誰だって驚きます」

「本当に驚いただけかな？　できるだけエッチに息を吹きかけたつもりなんだけれど」

「驚いただけです」

そうだ。この程度で鼓動を速めていたら……身が保たない。

俺は紅さんから視線を滑らせた。明日葉院さんは、亜霜さんに絡まれていて手一杯で、こっちには意識を向けていない。この隙を突いたのか。

「それで、どうかな？」

肩をくっつけながら、紅さんは小さな声で言う。ただ肩が当たっているだけでも、その柔らかさや軽さ、華奢さ、そして女子特有の甘い匂いは、充分に感じられてしまう。

「どうって……何がですか」

「今朝も訊いただろう？　今回の面子はどうかな？」

「別行動だったのに、何もわかるはずがないじゃないですか……」

「そこからでも何か見出せるのがキミだろう？」

　この人は、俺を名探偵か何かと勘違いしているのではないだろうか。そういう役回りが似合うのは、むしろ自分自身だろうに……。

「……あっちの一年生組は、結構複雑ですね」

「ふうん？」

　窓際の円弧状に置かれたソファーにいる五人の一年生を、紅さんはちらりと見やる。

「伊理戸さんは明らかに伊理戸水斗が好きで、伊理戸水斗も満更じゃなさそうです。あの二人は今年から義理のきょうだいになったらしいので、そういうこともあるんだろうとは思いますが……距離感がどうも、単なる両片想いではなさそうですね」

「ふうん。というと？」

「お互いに気持ちを向けているのは間違いないけど、一線を引いているというか――『好き』なのはわかるけど、『付き合いたい』かどうかはわからない、という感じでしょうか」

　感情は見えるけど、関係を築く意思のようなものは感じない――もちろんこれは、俺の勝手な人間観察による、勝手な憶測に過ぎないが。

「それじゃあ、彼女は？　胸の大きい――東頭いさなさんだったかな」

「あの子はさらによくわかりません。俺ごときでは計り知れない変人です。伊理戸水斗のことが好きなのは間違いありませんが、じゃあ伊理戸さんと三角関係なのかと言うと、そんな感じでもない――なんというか、価値基準がまったく、全然、違うところにあるかのような雰囲気です」

「じゃあ残りの二人はどうかな？　ぼくの見立てだと、あの二人もいい感じなんじゃないかと思うんだが」

「失礼ですが、節穴ですね」

「んん？」

「あれはあからさまに、別れたカップルです。別れた後も友達として仲良くできるタイプの」

互いのことを深く知っていて、普通の男女なら遠慮するところを遠慮しない。にも拘らず、端々に不可侵領域のようなものがあるのを感じる。間違いなく元カップルだ。これは自信があった。

「なるほどねえ……幼馴染みでも、そういうことがあるわけだ。夢がない」

アニメや漫画は付き合ったところで終わるけど、実際には、その後に別れる可能性だってある。当たり前のことだ。

自分がそうなったらと思うと、ぞっとしないけど。

「別れた相手とあそこまで普通に接することができるのは、高いコミュニケーション能力の為せる業です。あの二人、おそらく校内にかなりのネットワークを持っています。仲良くしておくと、あとあと便利だと思いますよ」

「キミはアレだね、将来は政治家の秘書になったほうがいいね」

「せっかくの推薦ですけど、トカゲの尻尾にされるのはごめんです」

紅さんはくつくつと笑った。この人はどうしてか、俺が生意気なことを言えば言うほど喜ぶ傾向にある。

「それにしても、キミは本当に、他人のことばかり見ているね」

「何を今更――」

言いかけた口に、ストローが突っ込まれた。

紅さんが手にしている、ラテのストローだった。

「たまには、自分自身を見てみてもいいんじゃないかな？」

紅さんの大きな瞳の中に、俺の顔が映っている。

どこにでもいる、コピペのような、中身のない俺の顔が。

それがわかっていながら――俺はストローから口を離して言う。

「……どうやってですか」

「わかっているくせに」

俺の顔は、あなたの瞳に映っている。

俺には見えない俺の姿が、あなたを見れば映っている。

確かに、それは、わかっている。

紅さんは、さっきまで俺が咥えていたストローを、これ見よがしに薄い唇で咥えながら、

「今夜——一人である場所に来てほしい」

「……ある場所？」

「うん」

ラテを少し吸うと、それを飲み込み、薄く不敵な笑みを浮かべて——俺を見て。

「逢引きしよう。みんなには内緒だよ？」

堂々と、そう告げるのだ。

その顔が、あまりにも格好良くて、眩しくて——俺は咄嗟に、何も言うことができなかった。

湯けむり旅情思春期事件

紅鈴理◆不敵な笑みの裏側

「逢引きしよう。みんなには内緒だよ？」

堂々とそう言い切ったぼくは、そのまま席を立ち、ジョーに背を向けて離れた。

そして、あたかも内装を見物しているように壁際に移動すると、

「……はあ〜……」

誰にも聞こえないよう小さく、溜め息をついたのだった。

が。

「——すずりん？」

「うっ！」

不意に肩に手を掛けられ、振り向くと、目を意地悪く輝かせた愛沙と結女くんが、ぼくの顔を見てにやにや笑っていた。

「見てたよ～？　ジョー君に何か言ってなかった～？」

「今、溜め息をついてましたよね！　緊張してたみたいに！　何を言ったんですか⁉」

「や、ちょっ、それは……！」

おのれ！　ハイエナみたいな奴らだ！　人が頑張って格好つけた直後に！

「あっれ～？　赤くなってるぅ～？」

「会長かわいい～！」

「うっ、うるさいうるさい！　何でもないよ、これは！」

ジョーにバレたらどうするんだ！　ったくもう！　空調暑いな、ここ！

伊理戸結女◆戦国の恋愛結婚

北野異人館街を後にした私たちは、新神戸駅から地下鉄に乗り、いくつか電車を乗り継いで、有馬温泉へと向かった。

「見て結女ちゃん！　ローソンが青くない！」

「わ、ホントだ。京都のマクドみたい」

駅を出るなり、看板が茶色いローソンという不思議なものに出迎えられて、私たちは謎に盛り上がった。景観保護的な何かのためなのだろう。

駅から川沿いに坂を登っていくと、歴史のありそうな古めかしい構えのお店があったり、ホテルらしき大きな建物が遠目に見えてきたりして、少しずつ温泉地の雰囲気が感じられてきた。

その途中、川にかかる大きめの橋の前を通る。信号の道路標識を見上げたら、『太閤橋』と書いてあった。

「太閤って……豊臣秀吉ですか？」

会長にふと訊いてみると、会長は「うん」と肯いて、

「有馬温泉は豊臣秀吉がよく来たらしいからね。ほら、大阪城ともそんなに離れてないだろう？」

「ああ……」

「いわゆる湯治ってやつさ。夫婦揃ってお得意様だったんだよ」

と言いながら、会長は太閤橋の傍にある広場を指差した。何気なく通り過ぎてしまっていたけれど、その広場には台座の上に座った、豊臣秀吉のものと思しき像がある。

「もう少し先にねね橋というのもあるらしいよ」

「ねね——豊臣秀吉の奥さんですよね」

「そう。そっちにはねねの像があって、あの太閤像と遠目に見つめ合っているんだってさ」

会長の言う通り、さらに歩くと赤い欄干の橋があり、そのたもとに着物の女性の像が建

っていた。確かに、太閤像があった方向を向いている。

「まるで織姫と彦星ですね。川を跨いで見つめ合ってるなんて……」

「政略結婚が基本の戦国時代で、珍しく恋愛結婚をした二人だからね——最初は身分の差があったから、家族にずいぶんと反対されたって話だよ」

「そうなんですか……」

家族に反対——家というものが今よりずっと強かった時代に、それを押し切ってまで結婚するなんて、それだけ好きだったってことなのかな……。

「まあ、その後、秀吉は出世して、側室を増やしまくったんだけどね」

「え」

「あんまり浮気するもんだからねねがキレて、信長に直訴したって話もあるくらいだよ」

「ええー……」

つよい。

さすが天下人の妻ともなると行動力が違う。ヘタレてばっかりの私とは、文字通り天地の差だぁ……。

少し気になってスマホで調べてみると、ねねの訴えに対し、信長が返した手紙が残っているらしい。内容は、ざっくり言えば『あのハゲにはあなた以上の妻なんていないんだから、嫉妬なんてせず、正室らしく堂々としていなさい』みたいな感じだった。

嫉妬せず、堂々と……。

私はちらりと、後ろを歩く水斗(みずと)と東頭(ひがしら)さんを振り返る。

東頭さんがスマホでぱしゃぱしゃと撮った写真を、水斗が肩を寄せて一緒に見ているところだった。肩はもちろん、下手すると頬(ほお)までくっつきそうな近さで、知らない人が見たら——知ってる人が見ても——恋人同士としか思えない。

嫉妬なんか、する。

いや、羨望と言ってもいい。

同じ屋根の下で暮らしている私が、どうして他の女子に距離感で負けちゃうんだろう。もう慣れたと言っても、ときどき、どうしてもそんな疑問が——不安が——頭をもたげるときはある。

東頭さんのことは好きだし、東頭さんに水斗が必要だってこともわかってる。

近付くな、なんて命令できる義理も、私にはないってことも……わかってる。

わかってるけど、やっぱりたまには、羨ましくてたまらなくなるのだ。

なんで私が、そこにいちゃいけないの？　……って。

……、ダメだなあ。言ったそばからぐちぐち悩んじゃってる。

今は旅行を楽しもう。それでいいじゃない。

東頭いさな◆常在戦場

「いさな。君はあっちだろ」

お宿に到着し、あらかじめ送ってあった荷物をフロントで受け取ると、まずはその荷物をそれぞれの部屋に置いてくることになりました。

そう——男子は男子の部屋へ、女子は女子の部屋へ。

不肖、東頭いさな、僭越ながら生物学的には女子であります。

生理だなんだで悩まされても、まあいつでもおっぱいが見れるからいいか、と女子である自分に納得してきたわたしですが、今回ばかりは男子のほうが良かったと思いました。

「おおー！ いいねいいねー！ 修学旅行思い出すー！」

「愛沙。まずは荷物の確認だ。はしゃぐのは後にしなよ」

「会長。この辺りにまとめておけばいいですか？」

し……知らない人と同じ部屋……。

結女さんや南さんも一緒とはいえ、今日会ったばかりの人と同じ部屋で寝泊まりするなんて、わたしにはちょっとハードモード過ぎます！ 浮きまくってた夏の勉強合宿を思い出して、わたしはそわそわと無意味に視線を泳がせました。

水斗君がいるときはくっついていれば良かったのに！ あまりに人頼りなコミュニケー

ションしかできない自分が情けなくなりますが、気持ち一つで性格が変わるなら苦労はしません。

「東頭さん、荷物の確認終わった？」

結女さんに優しく話しかけられ、「うぇあっ、はあ……」と挙動不審過ぎる返事をしました。

けど、結女さんは気にした風もなく、

「もし足りないものがあったら言ってね。フロントに確認しないとだから」

わたしはこくりと肯きますが、内心、気が重くなっていました。こういうとき、もし何か足りなくても、言い出せないんですよね、わたし……。人に話しかけるというタスクが重すぎて、まあちょっと荷物がなくなるくらいいいか、みたいな思考になりがちなのです。

幸い、鞄（かばん）が足りなかったりはしていません。鞄の中も、着替えと本が入っているくらいですから、どんな手違いがあったってなくなりようがないと思います。

でも一応、和室の隅に座り込んで、鞄の中身を検（あらた）めました。お母さんに手伝ってもらって詰め込んだ、文庫本、着替えの服、スマホとタブレットの充電器、それから下着――

あれ？

何だか、見覚えのないものが……なんでしょう？　この赤い布……。

ごそごそと引っ張り出してみると、それはブラジャーでした。

「うぇ？」

しかもレースで透け透けの、クッソドエロいブラでした。なっ、なんですかこれ!? 透けすぎでは!? これじゃあ乳首が見えてしまうのでは……!?

確かに最近、諸事情あってブラジャーの大部分を新調しましたけど、こんなエッチな用途しか存在しないものには覚えがありません。な、なんでこんなものが……!?

「——ほっほーう？」

すぐ後ろから聞こえた声に、わたしはびくっと振り返りました。

南さんは謎の訳知り顔で、わたしが手にしたスケベブラジャーを見下ろしていました。

「ずいぶん面白いものを持ってるね〜、東頭さん？」

「いっ、いやっ、こ、これはですねっ……」

「んー？ どしたのー？」

誤魔化(ごまか)そうとしたところに、ツーサイドアップの先輩（亜霜(あそう)さん？ でしたっけ）が興味を示して寄ってきてしまいました。

そして、わたしの手の中にあるものを見て、ぎょっと目を見開きます。

「え!? 何それ!? えっろぉー！ でっかぁー！」

「東頭さんもちゃんと持ってるんだね〜、勝負下着！」

「ち、ちがっ……！ 違うんです！ こ、これは、いつの間にか紛れ込んでてっ……！」

「え〜？　他の誰かのやつが混ざってたの？　このデカさだと、まさか、ランラン……？」

「東頭さん、ちょっと貸してね〜」

「あっ」

返事をする間もなく、南さんはブラを奪い取り、ベルトのところに付いているタグを読みました。

「ぶおえっ⁉」

そして仰（の）け反（ぞ）りました。

「なっ、なになに？　どしたの、あっきー⁉」

「…………H75…………」

「は？」

南さんが表情を虚無にしながらタグを見せると、

「ぶおえあっ⁉」

亜霜先輩もまた、ぶん殴られたように仰け反りました。

「えっ……えっち、かっぷ……？」

「えっちかっぷって、なに……？」

「えっち……？」

「えっち……？」

二人は揃ってわたしの胸を見下ろし、

「「……えっちだ……」」

そういう意味じゃないんですけど！

確かにエッチですけど、エッチじゃなくてエイチなんですけど！

「え？　ちょっと待ってあっきー。Hってアンダー差いくつだっけ？」

「確か26センチだか27センチだか……」

「え？　え？　ってことはアンダーが75だから……バスト100センチ超えってこと？」

「そっ、そんなにありませんよぉ……！　この前計ったときは98センチで——」

「「きゅうじゅうはちぃ!?」」

南さんと亜霜先輩は、二人してまじまじとわたしの胸を観察して、す、ステレオでリアクションされると、びっくりするのでやめてください……。

「……他にこんなブラが必要な人がいるとは思えないけど……ランラン！　ブラのサイズ教えて！」

亜霜先輩が振り返って言うと、話を聞いていたのか、明日葉院(あすはいん)さんが嫌そうな顔をしながら答えます。

「……F60ですが」

「「えふろくじゅう!?」」

今度はわたしも参戦しました。

60センチ？　ウエストじゃないですよね？　アンダーバストですよね？　いくら背が小さいとはいえ……F60……初めて聞きました、そんなサイズ……。

亜霜先輩が、立ち眩みを抑えるように頭を抱えました。

「うぐう……！　あっきー、あたしゃ頭がどうにかなりそうだよ……！」

「先輩っ、気をしっかり持って！　デカチチに負けないでっ！」

南さんたちが謎のダメージに苦しむ一方で、わたしはぽーっと、明日葉院さんのおっぱいを見つめていました。えっちです……。

明日葉院さんが恥ずかしそうにそそくさと逃げてしまうと、改めて、わたしは南さんが持っている派手でスケベなブラジャーを見直しました。

どうやらサイズからして、わたしのものであることは間違いなさそうです。けど、いつの間にあんなのが……？

鞄の中に目を戻すと、着替えの底から、何やら紙が覗いているのに気付きました。

引っ張り出してみると、それはわたしへ宛てたメモでした。

『チートアイテムを入れといてやったから、きっちり決めてこい。母より』

……お母さん……。準備のときにどさくさに紛れて……。

娘の初体験をこんなに後押しする母親います？

「諸君!! 勝負下着を持ち込んでいる者は即刻申告されたし!!」

「あたしたちが公平に評価を下すーっ!!」

「ちなみに不肖、わたくし亜霜愛沙は、真っ黒なやつを持ってきました!!」

「ぃええ!? 先輩、人のこと言えないじゃん!!」

気付けば、南さんや亜霜先輩のわちゃわちゃに巻き込まれて、人見知りをしている暇もなくなっていました。

ちなみに、会長さんの下着は全部エッチでした。

「人生、勝負じゃない日などないからね」

「「お見それしましたあーっ!!」」

亜霜愛沙◆あたしのいる場所

「少しのお別れですね、センパイ……ぐすっ」

「わざとらしいんだよボケ」

耳慣れた塩対応にてへぺろと舌を出し、あたしは女子組に合流する。

午後は各自、温泉街を散策しようってことで、自然と男女に分かれていた。お土産や食べ物もいいけど、女子としてはやっぱり温泉がマスト！　どうせ混浴はできないんだし、男女で分かれるのが都合がいいという話になった。

　まあ、たまには離れる時間も必要ってことだ。この間に明日に向けた作戦も練れるし。

　……でも、もし暇があったら、センパイとも二人っきりで歩きたいなあ――とか言ってみたりして。

「安く入れる公衆浴場があるから、まずはそこに行ってみようか」

　下調べ完璧なすずりんに従って、木造建築が建ち並ぶ街並みを歩いていく。温泉街といえば、そこら中を浴衣のカップルが歩いているイメージだったけど、意外とみんな服は普通だった。坂道が多いから下駄では歩きにくいらしい。この辺もあらかじめ、すずりんから説明を受けていた。

「それにしても愛沙、今日はずいぶんと頑張っているじゃないか」

　にやりと意味深に笑って、すずりんはあたしを見た。

「んー？　何がー？」

「いつになく攻めっ気が強いじゃないか。あんなに堂々と星辺先輩を連れていくとは思わなかったよ」

　午前の話らしい。そんな程度で褒められちゃあ、むしろ名誉が傷付くってもんだ。

「まあね～。今回はちょっと本気なんで」

「本気……ですか？」

と、訊(き)いてきたのはゆめちだ。可愛(かわい)い後輩にして弟子に、あたしは堂々たる態度で語る。

「ほら、センパイってば三年生でしょ？　受験も終わってるし、年越したらすぐに自由登校で、いつ会えるかもわかんなくなるし――その前に、あたしの魅力をわかっておいてもらおうかな～みたいな？」

「素直に言いなよ。『卒業したら忘れられそうで怖い』って」

戯言(たわごと)を！　あたしみたいな可愛い後輩のことを、女っ気のないあのセンパイが忘れられるはずないでしょうが！

……と、今までなら言ってたんだけど。

「ま……そうかな。そういうのも、ある」

ご忠告通り素直に言うと、すずりんは驚いた顔をして、ムカつくくらい大きな瞳をぱちくりと瞬(しばた)いた。

「今回は……本当に本気なんだね」

「だからそう言ってるじゃん」

あたしは今まで、誰か特定の人に好きになってもらいたいって気持ちになったことはなかった。

　できるだけたくさんの人にちやほやされたい。誰でもいいからいっぱい褒めてほしい。そういう欲望はあって、ＳＮＳをやったり、大人しそうな男子に声をかけたりしてたけど。

……本当に、誰か。他はどうでもいいから、この人にだけは——そう思ったことは、たぶん、一度だってなかった。

それを恋と呼ぶのは、何だか負けたような気がして、まだ恥ずかしいけど——でも、あたしの中には、誤魔化しようがないくらい、恐怖と欲望が宿っている。

センパイを、他の誰にも取られたくない。

センパイに、あたしだけを見てほしい。

どれだけぞんざいにあしらわれてもいい。いや、ずっとあしらってほしい。あたしを。あたしだけを。

今、あたしがいる場所に、他の誰かが収まるなんて、耐えられない。

……こんな風に思うようになったのは、いつからだったかな——

「——まあ、よく見ていたまえ独り身諸君！　このあたしがオトコの落とし方ってヤツを、この三日で見せてあげるからね！」

「よくもまあそこまで綺麗に失敗フラグを立てられるもんだね」

「縁起の悪いこと言うな！」

ジョー君は卒業しないからって余裕ぶりやがってよ！

「……頑張ってください、先輩。私……本当に、応援してますから」

「ゆめち～！　ありがと～！　やっぱり持つべきものは後輩だよね！」

あたしがぎゅーっと抱きつくと、ゆめちは苦笑いした。

……一瞬、その表情の中に、何か考え込んでいるような、真剣な色合いが混じっていた気がしたけど——思い過ごしだと思って、あたしはすぐに忘れてしまった。

伊理戸結女◆普通、女子はこんな会話をしないけど、普通じゃない奴らもいる

——本気。

暁月さんは言った。『今回は、ちょっと本気』と。

亜霜先輩も言った。『今回は、ちょっと本気』と。

『ちょっと』なんて誤魔化しだ。滅多に本心を見せない二人が、『本気』なんて言葉を使った時点で、それは相当の覚悟あってのことのはずだ。

二人は何のために本気になるんだろう。亜霜先輩は、星辺先輩が卒業しても一緒にいられるようになるため。暁月さんは？　今のところ、さして特別なことをしているようには見えないけど、きっと川波くんと無関係じゃない。

どちらとも、今のままでも、充分仲良さそうに見えるのに、それでも『本気』になる。

私はどうだろう——と、何度目とも知れない自問をした。

私は……本気になれている？

私は……本気になる必要があると、思ってる？

「――結女ちゃーんっ！　脱ぐのが遅いぞーっ！」

物思いから浮上したとき、目の前には全裸の暁月さんがいた。

恐れ知らずに仁王立ちして、肩にタオルを掛けている。

「暁月さん……少しは隠すとかしないの？」

「なんでー？　女同士じゃんっ！」

にひひ、と若干スケベな笑い方をする暁月さん。いや、確かにその通りだけど、だからって人の目の前で仁王立ちはしないと思う。

私たちは女湯の脱衣所にいた。これから浴場に入るに当たり、もちろん服を脱がねばならない。けれど、私は考え事をしていたのと……あんまり人とお風呂に入った経験がないのとで、ロッカーの前で少しだけ、躊躇(ちゅうちょ)しているところだった。

あんまり人目に触れないよう、身体(からだ)をロッカーのほうに向けて、いそいそとシャツを脱いでいるところだったんだけど――そういう感情がない人もいるらしい。

「恥ずかしいと思うから恥ずかしいんだよっ！　ここでは全裸が当たり前なんだから、当たり前な顔をして服を脱ごう！」

「わかってるけど……」

「脱ごう！　早く脱ごう！　ほら早く！　見せろ！」

「見せろって言った⁉」

たま～に、暁月さんって、同性とは思えない発言をするときがあるのよね……。いや、冗談だってわかってるし、最近は少なくなってる気もするんだけど。

「それじゃあみんな、お先に」

堂々としているのは、暁月さんだけじゃなかった。

紅会長も躊躇なく全裸になり、ぷりんとしたお尻を向けて浴場に歩いていった。

その背中を見て、私はなぜか、少し感動してしまった。

あの紅会長の裸を見たっていう事実もそうだし、きめ細やかな白い肌が鳥肌が立つくらい綺麗だったっていうのもそうだけど……何よりも、その立ち姿、歩き姿、佇(たたず)まいが、あまりにも自然体で、人に注目されることが当たり前になっている人間のそれだったのだ。

事実、暁月さんは目を細めて会長のお尻をガン見していた。

「会長さんってさ……小柄だけど、スタイルめっちゃいいよね。おっぱいは普通だけど、だからこそ安産型のお尻が際立ち――」

「やめなさい」

私は暁月さんの目の前を腕で遮った。近い将来、公衆浴場は湯浴(ゆあ)み着で入るのが当たり前になるかもしれない。

「そういうあっきーだって、なかなかいい身体してんじゃん！」

と言うのは、同じく全裸で、肩にタオルを掛けた亜霜先輩だった。

先輩は暁月さんの身体をじろじろと眺め回し、

「華奢で、ちっちゃくて、引き締まるところはキュッと引き締まってて……何か運動やってるんだっけ？」

「たまに部活の助っ人に出てるだけですよー。……っていうかぁ」

今度は逆に、暁月さんが亜霜先輩を見て、にやりと笑った。

「パイセン、超絶モデル体型じゃないっすか！　なんであんな無駄なことしてるんすか！」

「無駄とか言うな！　好きでやってるんだからいいだろが！」

地雷丸出しの服と、ブラジャーに仕込んだ大量の虚栄心をパージした亜霜先輩は、すらりとした長身スレンダーで、モデルや水泳の選手を思わせた。

裸なのに、いやらしいというより芸術的。裸婦画やミロのヴィーナスを思わせる。特にウエスト周りの絞れ具合は、同じ女子として奇跡的にさえ思えた。

「パイセン、部活とかやってないんスよね!?　なんスかこの折れそうなウエストは！」

「ふふん。でしょでしょ？　ウエストを絞れば相対的にバストがデカくなるかなーと思って、超頑張ってる！」

「マジさすがッス！　リスペクトッス！」

急に舎弟と化した暁月さんにノセられて、亜霜先輩はいろんなポーズを取った。暁月さんは両手でカメラを作って、「いいねー！　いいよー！　パシャパシャ！」とやり始める。

そんな先輩を見てか、戸惑った顔をした東頭さんがやってきて、私の耳元でこしょこしょと囁いた。

「（あのう……結女さん、あの方って……）」

「（触らぬ神に祟りなしよ、東頭さん）」

亜霜先輩の虚栄心を知らなかった東頭さんには、あの急激なボディラインの変形は衝撃的だったのだろう。「はわ～……」となだらかな丘陵を眺めている。

それにしても……さすが美少女生徒会なんて巷で言われるだけはあって、亜霜先輩も紅会長もすごいスタイルだ。東頭さんや明日葉院さんは言うまでもないし、暁月さんも運動するから、健康美と言えるものがボディラインに宿っている。

私の周り、レベル高すぎ。

こんな人たちとお風呂入るの、ちょっと気後れしちゃうな……。そう思いながら、私は背中に手を回し、ぷちりとブラジャーのホックを外した。

「……ねえ、あっきー……」

「……はい、パイセン……」

「……ゆめちみたいなさ……」

「……はい、真面目で清楚な子が……」

「……脱ぐとエグい身体してるとさ……」

「……めちゃくちゃムラっとしますよね……」

にわかに寒気がして、私は慌てて、フェイスタオルで胸元を覆った。

「何なら一番スケベまであるよね」

「結女ちゃんは脱がなくても一番スケベですよっ、先輩！」

「何言ってるの⁉」

後輩や友達に、躊躇なく邪（よこしま）な目を向けるのはやめてほしいんだけど！

きゃー！　怒ったー！　と子供のようにはしゃぎながら、二人は浴場のほうへと逃げ散っていく。まったく……あの二人、妙にシナジーが生まれてて、手が付けられない。

私もお風呂に入る準備は整ったけど、残り二人――東頭さんと明日葉院さんは、まだ服を脱ぎ切っていなかった。東頭さんは上半身がブラジャーだけの状態で止まっていて、明日葉院さんはまだ上着を脱いだだけだ。

「どうしたの、二人とも？　……もしかして、恥ずかしい？」

そういえば前に、東頭さんは『裸は女同士でも恥ずかしい』って言ってたような――明日葉院さんも同じタイプなのかな。

明日葉院さんはブラウスのボタンに手を掛けたまま、むっと唇を結んだ。

「い……いえ、恥ずかしいなんて。浴場で裸になるのは当たり前じゃないですか。あとから必ず行きますから、伊理戸さんはお先にどうぞ」

「そう……それならいいんだけど」

こんなところで負けず嫌いを発揮しなくてもいいのに。微笑ましくなっているうちに、明日葉院さんはぷちぷちとブラウスのボタンを外していく。

もう一人、東頭さんのほうは、上半身はブラジャーだけ、下半身はスカートだけという中途半端な状態で、背中に手を回して何やら苦戦していた。

「す、すみません……。このブラ、新しくしたばっかりで、まだホックの位置が……」

「大丈夫？　外そうか？」

「お、お願いします……」

私は東頭さんの背後に回り、白い背中を横断するブラジャーのベルトに手を掛けた。

このブラ……ホックが三段階もある。バストサイズに合わせて、ベルトの長さを調節できるのだ。しかも今は一番短くなるところで留めてある……。もしかして、まだ大きくなるつもりなの？

ちょっとした畏れを抱きながら、ぷちりとホックを外す、と――

――どたぷんっ！

そんな音が、聞こえた気がした。いや、ありえない。ブラによる拘束から解き放たれ、胸の膨らみが重力を受けたからって、そんな音がするはずがない。いや、でも、今、確かに……。

「ふいー。ありがとうございますー」

「う、うん……」

私は何か、恐ろしいものを見た気がして、逃げるようにして浴場へ向かった。

……そういえば。

もう出会って半年になるけれど……東頭さんの裸は、見たことないんだなあ……。

伊理戸結女◆四つの果実

「のあーっ！　お湯が金色だーっ！」

大きな湯舟に張られたお湯を見下ろして、暁月さんがはしゃぎ声を上げる。

そのお湯は金色というか、茶褐色に濁っていて、底がまったく見えなかった。身体を軽く流した私は、爪先からゆっくりとその中に身を浸し、手に持っていたフェイスタオルを湯船の縁に置いた。

「ふう……」

気持ちいい……。今日は結構歩いたから、尚更(なおさら)、全身が揉(も)みほぐされるようだった。だらしなくリラックスしている身体を見られるのも少し恥ずかしいので、濁り湯が胸から下を隠してくれるのもいい。

「はあ～、極楽極楽……」

「先輩、おっさんみたいですね」

「いいでしょ、温泉なんだから～。知ってる、あっきー？　この温泉、日本書紀に出てくるらしいよ」

「日本書紀て。歴史超えて神話じゃん」

「日本書紀で神代が描かれるのは、全三十巻のうち最初の二巻だけだよ」

と、頭の上にタオルを載せた紅会長がウィキペディアのようなことを言った。

亜霜先輩は顎まで茶褐色のお湯に浸かりながら、

「とにかく、極楽でいいんだよ～。神様とかも入ってたんだから。たぶん……」

星辺先輩をオトしてやる！　とさっきまで意気込んでいたとは思えない、すごいリラックスぶりだった。それとも英気を養っているのだろうか。

暁月さんが、湯船の縁に腰掛けた格好で、後ろを振り返る。

「そういえば東頭さんたちは？」

「すぐに来ると思うけど」

噂をすれば影だった。

脱衣所の方向から二人の女子が、湯気の中をぺたぺたと歩いてくる。

東頭さんは私より少し背が高い。だから、横に並ぶと明日葉院さんが尚更小さく見えた。

けれど、存在感はどちらとも変わらない。

なぜならば――

――ぶるるーん――ぶるるーん――

「あ、あの……なんですか？」

「いえ、べつになにも」

「だったらなんで見てくるんですか！」

上から覗き込んでくる東頭さんの目から逃れるように、明日葉院さんが身を捩る。

それを追いかけるように、東頭さんも身体を傾ける。

そうした一挙手一投足のたびに、揺れ……波打ち――

――ぶるるーん――ぶるるーん――

「「「…………………」」」

迫ってくる四つの果実に対し、私たちは何も言えなくなった。

大きいことはわかっていた。柔らかいことだって、触ったことがあるから知っていた。

けれど――そこに肌の白さと、いくら揺れても元に戻る張りが合わされば、未知の領域。

東頭さんも、明日葉院さんも、あんなに大きく重そうなのに、全然負けていない。何にって？　重力に。

釣鐘型というのか、東頭さんのは下乳の丸みを重量感たっぷりに際立たせる形。一方の明日葉院さんは、お椀型というのか、綺麗な半球状で、真ん丸な形がくっきりとわかる。お椀っていうかどんぶりだけど。

それら、四つの白い果実が横に並んで、ぶるるーん……ぶるるーん……と、水風船のように上下に弾んでは、元の形に戻るのだ。気付けば私たちは、弾むおっぱいに合わせて、目を上下に動かすだけの機械と化していた。

「お待たせしましたー」

東頭さんがのんびりとした口調で言いながら、私たちの目の前で膝をついた。その際、上半身を折った一瞬、釣鐘型の膨らみが少し真下に伸びるのが見えた。

その隣で、明日葉院さんは桶に湯船のお湯を汲んで掛け湯をする。お湯の水滴が光を受けて、彼女の小柄な身体を照り輝かせる。

「よいしょ」

東頭さんも同じようにする。桶を肩まで持ち上げた際、片乳が二の腕に持ち上げられて、ふにゃりと潰れたように変形したのを私は見てしまった。

膨らみの下部をなぞる、数学の問題に出てくるような美しい円弧から、ぴちゃりぴちゃりとお湯が滴り落ちるのを、私は湯船の中から見上げた。

「……？　あの、どうしたんですか……？」

東頭さんも明日葉院さんも、ようやく私たちの様子に気付いたようだった。

けれど、私は何も言えなかった。

ただ、人体の奇跡を崇め奉ることしかできなかった。

たった一人……その奇跡に挑む、勇者が現れるまでは。

「東頭さん……」

呻くように言ったのは、暁月さんだった。

暁月さんは、東頭さんの隣までにじり寄り、いつになく真剣な顔をして、言う。

「ナマチチ……触ってもよろしいでしょうか」

「うぇ？」

東頭さんは当惑して、ぱちくりと目を瞬く。

一方、暁月さんは拝むように東頭さんの果実を見つめて、

「これは決して、スケベ心などではございません……。ただ、あたしの……人としての勘が言っているのです。これに……これに触れることができれば、何かが変わるかもしれない！　……と」

「何か……とは……？」

「今まで変わらなかった、何か……。運命……宿命……人生……人知の及ばぬ何かによっ

て決定づけられていた、何かが……」

「は、はあ……」

たまに、暁月さんは天才なのではないかと思う。

ちょうど、私もそう思っていたところだったのだ。

「東頭さん、私も……」

「ええっ⁉　結女さんも⁉」

「つ、つつくだけでもいいから！　指だけ！　ね⁉」

慌てて要求を引き下げたら、逆にいかがわしいことになってしまった気がした。

「ランラン……ちょっとこっち来て」

「……嫌です」

「お願いだから！　ちょっとだけだから！」

「お断りします！　何だか嫌な予感がします！」

「蘭くん。……来てくれないかな」

「かっ、会長まで……⁉」

明日葉院さんのほうでも、教徒の嘆願が始まっていた。

漫画なんかでよくあるシーン……『えー⁉　あんた大きくなってなーい？』というアレ。

あんな光景は、実際には存在しない。

実際には……もっと厳かなものなのだ。

大きなものには、信仰が宿る。奈良に巨大な大仏が建立されたことからも自明の理である。ゆえに、巨大な乳房に対しても、それ相応の信心をもって触れなければならない。

東頭さんは困り顔になった末、恥ずかしそうに目を逸らした。

「そ、……そんなに言うなら……」

許しが出た。

私は暁月さんと顔を見合わせ、肯き合った。

「では」

「片方ずつ」

「え⁉」

私は右に、暁月さんは左に、それぞれ手を伸ばした。

お湯に濡れた白い肌に、そっと指を添わせる。まったく、力は込めていなかった。けれどたったそれだけで、ふにっ、と指の腹が沈んでいった。

「……お……」「……おお……」「おお、お、おおお」「お、おおおおっ？」

感動と驚嘆と戸惑いを含んだ声が、私たちから漏れた。

なんじゃこりゃ……。なんじゃこりゃ。なんじゃこりゃ！

どこまでも沈む。いくらでも形が変わる。なのに、力強く元に戻ろうとする弾力がある。

美とは、外見や音だけに宿るものではない。感触にも宿るものだったのだ。

「ふあっ……！　も、もちょっと優しく……――ひぁっ⁉　ちっ、乳首はダメです！　禁止禁止！」

そうだ。乳首はダメだ。描写を控えよう。

モーセの十戒によると、偶像崇拝は良くないらしいから。

ただ、『綺麗で可愛かった』ということだけがわかればいい。

「……はあ～……」

温泉に浸かったとき以上の溜め息を、私は零した。

「何だか、今日から人生変わりそう……」

陶然と天井を見上げる私の横では、暁月さんが若干必死な様子で、さっきまで東頭さんのご本尊をこね回していた手を、ぺたぺたと自分の胸に擦りつけるようにしている。美巨乳に関わる何らかの因子を、自分に移そうとしているのだ。

東頭さんは疲れた顔で、神々しい身体を茶褐色のお湯にお隠しあそばされた。

「はあ……女子同士ってこんなものなんですか……？　漫画だけだと思ってました……」

「いやあ～……」

「どうかな～……？」

私と暁月さんは、揃って目を泳がせる。泳がせた先では、亜霜先輩に捕まった明日葉院さんが、鑑識みたいに真剣な顔をした紅会長に胸を撫で回されて、顔を真っ赤にしていた。

こんなこと、普通はないだろうけど……普通じゃないからね……。

「初めて知りました。水斗君は、結構遠慮してくれてたんですね～」

「「え？」」

するっと出た発言に、私も暁月さんも、一斉に東頭さんを見た。

「ちょ……ちょっと待って。どういうこと？　もしかして……」

「東頭さん、触られたことあんの？　伊理戸くんに」

「ありますけど」

あのっ……あの男！　澄ました顔して！　友達だって言っておいて！　おっぱいだけはしっかり触ってるのか！

「あ。いやでも、事故的な感じですよ？　すぐに手、離してくれましたし」

「事故ねえ……ふう～ん……」

「ラッキースケベじゃん！　ウケる～」

半年以上一緒に暮らしてて、そんな事故、起きたことありませんけど？　何なら付き合ってた一年半を含めても、胸を触らせたことなんて、一度もありませんでしたけど⁉

「あれだけ一緒にいれば、事故の一つや二つは起きますよー。わたしは気にしてません」

だから起きてないって言ってるでしょうが！

「……ねえ、東頭さんって――」

――水斗の裸見たことある？

という発言を、私はすんでのところで飲み込んだ。

危ない危ない。謎のマウンティング行為をしてしまうところだった。むやみに別の議論を紛糾させてしまうところだった。

……けど、きっと見てないわよね。うん。一緒にお風呂に入る機会なんて、さすがになかっただろうし。だから私だけ。水斗の一番大事なところを知ってるのは、私だけ……。

ふふ、ふふふ……。

「そういえば、南さんだって」

東頭さんは巨乳をお湯にぷかりと浮かし、くじらの背中のように上部だけ覗かせながら、

「あのチャラ男さんとはお隣同士の幼馴染みなんですよね～。だったら、エッチなハプニングの一つや二つ、あったんじゃないですか？」

「あ」

訊いちゃうのか、それ――と、私は人知れず戦慄した。

暁月さんと川波くんのそういう話は、今まであえて深く訊かずにいた。あれだけ物理的に近い距離で、それも一〇年以上も暮らしているんだから、それこそ事故の一つや二つはあって当然だろう。あるいは事故ではなく、故意ということも……。でも私は、友達のそ

ういう、生々しいところに触れる勇気を持ち合わせていなかった。

私はにわかに緊張して、暁月さんの顔色を窺う。

暁月さんはにやりと、意味深な笑みを浮かべていた。

「さてね～……どうだと思う？」

「何かあった人の返しだと思いますけど、それは」

「まあね～。でも、聞きたくないでしょ？　あいつの……気まずいシーンに遭遇したとき、どうやって気付かなかったフリをしたかー、とか」

「ほぼ言っちゃってますけど」

な、何？　気まずいシーンって……もっと具体的に言ってよ！

そんな私をよそに、東頭さんはぼんやりとした声で、

「南さんって……なんとなくですけど……」

「ん？」

「経験ありそうですよね」

凍った。

私だけが。温泉に入ってるのに。カチンコチンに。

経験。

その意味くらいは、私にもわかる。

一糸まとわぬ姿になった解放感が、普段は踏み越えない一線を踏み越えさせたのか。無意識にタブーにしていた領域に、東頭さんが踏み込んだのだ。

そりゃあ、考えなかったわけではない。恋愛について、何かにつけてアドバイスしてくれて、恋愛経験も何かしらありそうで。その上で——あんなに近くに、男子がいるっていうんだから、疑わないわけはない。

私だって、もし付き合ってたときに、水斗と同居していたら——たぶん、いつかは。

私はドキドキと動悸が止まらない胸をお湯の中で押さえ、暁月さんの表情を窺った。

「経験、ねえ……」

暁月さんは少し困ったように笑って、口を開く。

返答は——

「■■よ？」

——『ある』か、『ない』か。

その答えは、私たちだけの秘密にしておくことになった。

伊理戸水斗◆手製の手錠

「このコロッケうめぇな」

「昼軽めにしといてよかったっすねー」

「その辺も紅の計画のうちだろ。あいつは自分のスペックを遊びにも発揮しやがる」

「おっ、サイダー売ってる。ちょっと行ってきます」

僕たち男子組は、主に食べ歩きをメインに温泉街を散策していた。てんでバラバラ、烏合の衆としか言いようのない面子だが、一日に何度も風呂に入る趣味はない、という意見は一致したのだ。

何だか有名らしいコロッケを片手に坂を下っていくと、軒下の地面に人がたくさん座っている一角があった――と、遠目に見たときは思ったが、近付いてみると地面に座っているわけではなかった。

足湯だ。

どうやら無料らしく、通りかかった人が靴と靴下を脱いで、石造りの浴槽に足を浸けているのだった。

「あれ？」

何とも温泉街らしい光景だ、と傍観者面で眺めていたら、簀の子のようなものに腰掛けて足湯に浸かっていた一人が、ふと振り返って僕たちを見た。

「おっ、センパイじゃないですかー！」

「ああ？　なんだ、お前らか」

振り返ったのは亜霜先輩だった。よく見ると、他にも紅会長、明日葉院さん、南さん、いさな、それに結女も、石造りの浴槽に足を突っ込んでいる。

僕らがなんとなくそちらに寄っていくと、亜霜先輩が弾けるようなテンションで星辺先輩に話しかけてくる。

「センパイたちは、どこか温泉入りましたー？」

「いんや。宿にもあんだからいいだろ」

「で、食べ歩きですか？　男の子ですねぇ。愛沙たちはひとっ風呂浴びてきましたよー」

そう言われてみれば、髪や肌にツヤがある……気が、しなくもない。別に普段からそんなに観察してないし、違いなんて大してわからない。

「それでしたら、足湯くらい入っていったらどうです？」

そう言ったのは、昼までは穿いていたストッキングをどこかにやって、湯に足を入れている紅会長だった。

「今はちょうど空いているところですし、四人くらい余裕ですよ」

星辺先輩に向かってそう言いながら、隣の亜霜先輩との間を、一人分ほど空けた。

……なるほどな。アシストってやつか。

それを気取ったか、すぐに南さんが元気よく、

「いーじゃん！　川波も伊理戸くんも来なよー！　宿に足湯はないよー？」

「おー、そうだな！　せっかく温泉街に来たんだしな！」

パスを受けた川波が即座に応じ、素早く靴と靴下を脱いでズボンをまくり、南さんの隣に腰を下ろしていく。男子から誘いに応じる人間を出し、さらに女子の隣に座ることで、同じようにする流れを作ってしまったわけだ。

この幼馴染みどもは、こういうときは本当に息が合うな。

「ま、休憩にはちょうどいいか」と星辺先輩が亜霜先輩の隣に座ってしまうと、残る僕と羽場先輩だけ突っ立っているわけにはいかない。……もしかしたら羽場先輩はそのつもりだったかもしれないが、紅会長が座ったまま手を伸ばし、強引に傍に引っ張っていった。

男が女子の間に分かれて座るなんて、まるでキャバクラみたいだ……。内心で溜め息をつき、こういうときのいさなだな、と思って、いさなの隣に行こうとしたが、

「こっち」

そのときにはすでに、結女がスペースを作っていた。

隣に座っていたいさなを、わざわざ一人分、横に移動させて、自分の隣を空けていた。

そこに座れば、結女といさなに挟まれる形になる……。が、そのスペースをあえて無視するのも、意識しているのがバレバレで、むしろ屈辱的なことのような気がした。

要は詰んでいる。

計算だとしたらなかなかやるじゃないか。密かに降参しながら、僕は結女といさなの間

に座り、素足をお湯に入れた。

結女が隣から僕の顔を覗き込むようにしてきて、言う。

「どう？　気持ちよくない？」

お湯の温かさが、じんわりと足に染み入っていた。筋肉に溜まった疲労が溶かされていくかのようで、確かに気持ちいい。

「まあ、一日にこんなに歩き回ったのは久しぶりだったしな。普通の風呂との違いはいまいちわからないが」

「温泉はもっと気持ち良かったわよ？　お湯が金色に濁ってて——ね、東頭さん？」

「そうですね〜……はふ」

いさなは小さく欠伸(あくび)をした。目もぼんやりとして、しぱしぱと頻(しき)りに瞬(まばた)きを繰り返している。

「眠いのか？」

「早起きだったので〜……お風呂も入ったので〜……」

「温泉では平気だったじゃない」

「それは結女さんたちが、全然寝かせてくれないから……」

「ちょっ、ちょっといかがわしい言い方しないでよっ！　……確かにちょっといかがわしかったかもだけど」

何をしてたんだ、温泉で……。

いさなは本格的にうつらうつらとして、徐々に僕のほうに身体を傾けてくる。肩がくっつくと、湯たんぽのような温かみが伝わってきた。温泉に入ってきたからなんだろう。間近で見れば、心なしか髪もふわふわとしていて、頬も赤ん坊のようにぷるんとしていた。

「本気で寝るなよ。背もたれがないから支えにくい」

「頑張ってくださいー……」

「いや、おい」

ついにいさなは、僕の肩に頭を預けてしまった。ふわふわの髪が、頬と首筋に当たる。風呂上がり特有の清潔な匂いがした。僕は仕方なく、いさなの肩に腕を回して、背もたれ代わりとする。

「僕のことを枕と勘違いしてるんじゃないだろうな……」

「日頃の行いのせいでしょ。軽々しく女の子に膝枕とかするから」

責めるような口調の結女に、「してるんじゃなくて、やられてるんだよ」と反論する。僕は決して、自分からいさなに膝枕をしてやろうなんて言ったことはない。

「まあ、私も気持ちはわかるけどね。温泉で気が緩みすぎちゃって」

「そんなに気持ちのいいもんか？」

「あなた、普段も烏の行水だものね。私は結構お風呂好きだけど」

結女はお湯に入れた足を、伸ばすようにして少し持ち上げる。水面から出た脛が、濡れててらてらと輝いていた。僕とは違って毛穴一つない白い肌に目が引き寄せられる。その際、まくり上げたスカートから顔を出した膝小僧と、さらには太腿にまで視線が伸びそうになって、僕は強固な意思を持って自分の膝に目を逃がした。

「せっかくだし、あなたもゆっくり温泉に浸かってみたら？　肌がぷるぷるになるかも」

そう言って、結女は薄くリップを塗った唇をほのかに笑わせる。

よく見るといさなと同じく、結女の肌は赤ん坊のようにつるりとしていて、火照ったように赤みが差している。……いや、別に、風呂上がりの結女なんて家でいくらでも見たはずだ。今更物珍しくもない。なのに――

「……見たいか？　ぷるぷるになった僕」

「ふふ。ちょっと見たいかも」

ごく普通に、当たり前に、話しながらだった。

簀の子に置いた僕の手の小指に、結女の小指が、軽く触れた。

びくりと、触れた部分から電流が走ったように痙攣しかけた。けど、たまたまだろう。ちょっと過剰反応してしまっただけで――

「あなたって肌綺麗だし童顔だから、温泉に入ったら女の子になっちゃうんじゃない？」

しかし、離れなかった。

触れた結女の小指は、そのまま明確な意思を持って、僕の小指を先端で撫でた。

「……昔の漫画かよ」

「そういえばあったわね、そういう話。ネトフリで見かけたことあるかも」

最初は爪先。それから第一関節を越えて、第二関節をぐりぐりといじる。

そして小指の根本まで辿り着くと、薬指との間に指先を捻じ込ませるようにして、小指同士を絡み合わせてきた。

「昔のアニメってすごく長いから、ふと見始めると時間が溶けちゃうのよね――」

潜り込んだ結女の小指は、僕の水掻きの部分を、まるでほじくるようにもてあそぶ。

何かを求めているかのようだった。勘違いかもしれないが、どうしようもなく頭を離れないその解釈が、脳細胞をビリビリと麻痺させていく。

試してみる必要があった。これがちょっとしたじゃれ合いなのか、それとも――

僕は――薬指を、結女の指の間に滑り込ませた。

「――ぁっ」

小さく、声が聞こえた気がした。

どうしてか、目で見て確認することはできないけれど――すぐ隣から、まるで……喘ぐような。

結女の細い指は、記憶よりもしっとりしている気がした。中指の側面を撫で、それから、さっきやられたように水掻きに触れる。すると、ぴくりと微細に、本当にわずかに、邪魔だった薬指を浮かせた。僕が――触れやすくなるように。

一つ、頭の糸がぷちりと切れた気がした。

僕は指先で一本一本、結女の指を根元から爪の先まで撫でる。それが終わると、小指の方向から徐々に、手のひらを結女の手の上に重ねていった。

辺りの喧騒(けんそう)は頭から消えている。

手のひらで感じる結女の手は、やっぱりしっとりとしていて、すべすべで、小さい。自分の手が大きいと感じることはほとんどないけれど、結女の手が完全に僕の手に覆われた、このときだけは、どうしようもなく自分が男で、彼女が女なのだと感じてしまう。

それをもっと確認したくて、手首のほうに手のひらを滑らせた。折れそうなほど細い手首。親指を回せば、簡単に捕まえられてしまう。こうしていると、まるで手錠でもかけたかのようだ。僕がこうしている限り、彼女は、逃げられない。

とくん――とくん――と、指の腹で結女の脈を、かすかに感じた。

いつしか、僕たちの間に、会話はなくなっていた。

川波小暮(こぐれ)◆オレの幼馴染(おさななじ)みがこんなに協力的なわけがない

いいね！

オレは足湯を取り巻く甘酸っぱい空間に、心の中でグッドボタンを押した。

伊理戸きょうだいは言うに及ばず、亜霜先輩は星辺さんに肩を擂り寄せて果敢にアタックしているし、生徒会長は足湯の中の素足で羽場先輩の足を撫でたりしてちょっかいをかけている。唯一、東頭の奴が伊理戸に寄りかかって寝てやがるのが気に食わねーが……。

男女が隣同士になるよう誘導した甲斐があるってもんだぜ。女子側が乗ってきてくれたのもよかった。男連中は星辺さんも合わせて、妙に後ろ向きだからなあ。

「ご機嫌そうじゃん」

隣の暁月が言った。オレはくくっと笑いを噛み殺しつつ、

「そりゃあこんだけ思惑通り行きゃあな」

「ホント見境ないよね～。カップルなら何でもいいの？」

「んなわけねーだろ。その辺のチャラい陽キャカップルには興味ねーよ。やっぱ初々しさがなけりゃな」

「なるほどねー。それなら生徒会は完璧だ」

「妙に知った風なことを言うじゃねーか。そういや、いつの間にか生徒会女子と仲良くなってたよな、お前」

「体育祭のときに応援団絡みでね。だいぶ仲良くなったよ？　みんなが知らないことも結

構知ってるんじゃないかな～」

「何ぃ……？」

見え見えの釣り針だが、かからないわけにはいかなかった。

美少女集団と化した今期の生徒会には、当然、様々な噂がまことしやかに流れている。

しかし、どのメンバーもガードが固く、はっきりとしたことは生徒間の情報網にはほとんど流れてこないのだ。

暁月はニヤニヤと笑って、

「知りたくない？　生徒会の恋愛事情」

知りたい。

……が、軽々に乗るのは上手くない。今後、生徒会関係でマウンティングされ続けることになる。

「馬鹿にすんな。オレにだって多少は情報がある」

「例えば？」

「体育祭のとき、亜霜先輩が星辺さんに弁当作ってきてたこととか……文化祭のとき、生徒会長が羽場先輩と一緒にいなくなったこととか」

「ふうん……その程度かあ」

「なんだと？」

「女子ってのはね～、友達になったら結構何でも、話しちゃうもんなんだよ？」

何でも、だと⁉

思わず暁月の顔に熱視線を送ってしまう。暁月は「ひひひ」といやらしく笑った。くっ、くそぉ……！　女子だからってずりぃぞコイツ……！

「知りたい？　知りたいでしょ？　教えてくれ～って言えたら、とっておきのネタを一個だけサービスしちゃうかもよ？」

「ぐ……」

「ん～？」

暁月は肩を寄せて、これ見よがしに耳を向けてくる。ちくしょう……！　悔しいが、ここはプライドを捨てるしか……！

「お……教えて、くれ……」

「ふっふ～！」

暁月はにまっと満面の笑みを浮かべた。腹立つ～～～っ‼

「じゃ、これは他言無用でね」

ちょいちょいと手招きされたので、オレは身体を傾けて、耳を暁月の口に寄せる。

暁月の吐息が耳たぶをくすぐり、それから、囁(ささや)き声が密(ひそ)やかに、オレの鼓膜を震わせた。

「(亜霜先輩はね……たぶん、この旅行中に、星辺先輩に告るよ)」

オレは目を見開き、暁月の顔に向き直る。

相変わらずのニヤニヤ笑いだが、冗談の雰囲気ではなさそうだった。

「……マジで？」

「マジマジ」

オレは横目に、星辺さんの隣に座る、ツーサイドアップの先輩を見やった。

亜霜愛沙と言えば、男を狙い撃ちするかのようなあざとい言動で、一年の頃から有名だったらしい。そこらの女子がやればイタいだけのそれも、あれだけの美貌をもってすれば立派な武器である。その代償に、女子からはあまり好かれていないらしいが。

だがその割に、特定の相手を作ったという話は聞かない。その理由は、理想が高すぎるからとも言われていたが、今となっては、前生徒会長である星辺遠導を狙っているから、という説が最有力となっていた。

星辺さんも星辺さんで、成績優秀かつ元運動部で、しかもあの長身だから、水面下では結構モテてるんだよな。面倒臭がって彼女は作らないらしいが、そんなところもあのスペックだと『クール』だと受け取られる。女子受けの化身だ。

男子受けの化身である亜霜愛沙と、女子受けの化身である星辺遠導――この二人が付き合ったら、そりゃあビッグカップルの誕生と言えるだろうが……。

「センパイセンパイ！　写真撮りましょー！」

「あー？　めんどくせえ」

「じゃあ勝手に撮りますね！」

「肖像権って知ってるかお前」

「はい笑ってー！」

「……ネットには上げんなよ」

亜霜先輩は自撮りにかこつけて、星辺さんの肩に手を掛け、胸を限界まで近付けていた。

あの距離感……あの攻め方……確かに、ただのからかいではない、本気さを感じる……。

「マジでしょ？」

得意げに言う暁月を見て、オレは違和感を覚えた。

「お前……どういうつもりだ？」

「何がー？」

「デバガメとか言って馬鹿にしてたくせによ、なんでそんな情報をくれるんだよ」

怪しい。

こいつがオレの得になることをするなんて、何か企んでいるに違いない。

「亜霜先輩とは友達だからね。友達の恋は応援したいの。ほら、あんたに言っておけば、いい感じにアシストしてくれるじゃん？」

筋は通ってるが……何だか、あらかじめ用意しておいたような答えだな。

なおも違和感は拭えなかったが、その前に、

「みんな。そろそろ移動しようか。いつまでも独占しているわけにもいかないしね」

生徒会長がそう言って、「はーい」と暁月も立ち上がってしまった。

オレが質問を重ねる間もなく、暁月は「東頭さん、起きてー。結女ちゃんも行くよ！」と女子たちに声をかけ始める。東頭が目を擦り、伊理戸さんが「あっ、うん……」とどこか上の空な返事をして、もう、オレが声をかける隙はなくなっちまった。

「セーンパイっ！　また宿でー！」

坂の上に去っていく女子組の背中を、オレは見送ることしかできなかった。

今日、なんか変だよな……。どうしたんだ、あいつ……？

「……はあ……」

女子組が完全にいなくなると、伊理戸が深い溜め息をついた。

見てみると心なしか、いつもより顔が赤いような。

「どうした？」

「いや……」

要領を得ない返事をして、伊理戸は無言で濡れた足を拭き始める。

「おれたちもそろそろ行くか」

星辺さんがそう言って、オレたちも足湯を後にすることになった。

星辺遠導◆やめてくれますか？

日が傾くまで温泉街を回った後、おれたちは宿に戻り、ひとっ風呂浴びた。それからメシの時間になるまで、それぞれ自由にすることにした。

浴衣姿でロビーのラウンジに腰を落ち着け、スマートフォンをいじる。後輩どもに混じって街を散策するのも悪くはなかったが、人には一人になれる時間ってもんが必要だ。高校生には分不相応な旅館の雰囲気を、ただ一人で味わうのも、なかなか乙なもんだった。

「——セーンパイ？」

だった——のだが。

耳慣れた声に不承不承、顔を上げると、亜霜が見慣れた笑顔でおれの顔を覗き込んでいた。見慣れた笑顔ってのはつまり、わざとらしい媚び売り顔だ。

「何してるんですかぁ？　こんなところでぼっちになって」

「何もしないをしてるんだよ」

「ふふっ。似合わなぁ」

そう言うと、亜霜はおもむろに自分の袖を掴み、ひらひらと身体の横で振った。

見なかったフリをしていると、亜霜はおれの目の前に回り、腰を傾けておれの顔を覗き、またひらひらと目の前で袖を揺らす。

「センパイ？　センパーイ？　何か言うことはありませんかー？」

……ったく、主張の強い奴だな。

亜霜はおれと同じく、浴衣に羽織をまとった姿だった。さっきひらひら揺らしていたのは、赤っぽい羽織の袖だった。

普段の私服が地雷系丸出しのこいつが着ると、ただの浴衣でも新鮮に見えやがる。まともにしてればそこそこ見られる外見なんだよなあ、こいつ。

おれは皮肉っぽく唇を歪め、

「馬子にも衣装だな」

「世界最強に可愛いって意味ですか？」

「小学校から国語やり直せ」

「センパイ語だとこれで合ってるんですよー」

誤訳もいいところだ。

亜霜は許可を取ることもなく、おれの隣にぼすっと座った。おれに逃がす暇も与えず、ずりっとお尻を滑らせて、肩が触れ合うくらい距離を詰めてくる。

そして、

「（お疲れ様です、センパイ♪）」

息を吹きかけるようにして、耳元でそう囁いた。

おれは首を傾けて耳を逃がし、

「何がだ」

「後輩たちの引率、頑張ってたじゃないですか」

「別に頑張っちゃいねぇよ。むしろ川波の奴におれが引率されてたくらいだぜ？」

あいつを抜いた三人だけだったら、確かにおれが引率の立場だったんだろうが……川波が積極的な奴だったおかげで、ずいぶん楽ができた。

「一年生の川波君が率先して動ける空気を作っただけでも偉いんですよ。センパイってなんだかんだ言って、面倒見いいんですから」

「褒めるなよ。お前に褒められると騙されてる気分になる」

「本気ですよ」

不意に。

からかうようでもなく、甘えるようでもない、真剣な声が聞こえた。

一瞬、誰の声かと混乱した。しかし、振り向いてみれば、そこにあったのは見慣れた後輩の顔だった。

「ねえ、センパイ。あたし、本気で言ってるんですよ？　本気で――センパイは、すごいって思ってるんです」

「おい、どうした？　いつもの痛々しい一人称は……」

「だって。たまには本気で言っておかないと、センパイも本気で受け取ってくれないじゃないですか」

そう言いながら――亜霜は、おれの手に自分の手を重ねてくる。まるで捕まえるように。

「センパイはすごいです。頭はいいし、運動はできるし、人を見る目もあるし。それに……どれだけウザがっても、あたしを追い払ったりしません」

「……追い払ってるつもりなんだがなぁ」

「本気じゃないじゃないですか。本当に距離を取りたがってるんなら、引退した後にまで生徒会室に来たりしませんよね？」

「…………………」

引退後も生徒会室に顔を見せ続けたのは、後輩がちゃんとやってるか気になったからだ。とは言っても……おれ自身の後釜である、紅のことは心配してなかった。何せ、副会長だったときから、会長であるおれよりも会長然としてやがった奴だ。おれよりもよっぽど上手くやるであろうことはわかっていた。

それよりも心配だったのは――

「あたし……話したことあるかもですけど、家族で一番お姉ちゃんなんです。……えへへ、わかりやすいでしょう？　下の子の面倒ばっかり見てたから、愛情に飢えてるんです」

「……おれは兄貴代わりかよ」

「そうですね。頼り甲斐のあるお兄ちゃんです。嬉しいですか？」

「嬉しくねぇなぁ。お前みたいな妹は。疲れるったらねぇよ」

「それじゃあ」

亜霜の手に、ぎゅっと力がこもった。

「お兄ちゃん――やめてくれますか？」

……それは。

それは、やめたら……その次は？

いや。……何を考えてんだ、おれは。そもそもおれは、こいつの兄貴になんざなったつもりはない。ただ、こいつの目が、真剣な瞳が、まるでその次の――その先の何かを、示しているかのようで。

「――あれ～？　センパイ、変なこと考えてませんか？」

「……、は？」

気付けば、亜霜の顔には、まるで世界が切り替わったかのように、悪戯っぽい笑みが戻っていた。

「お兄ちゃんをやめる――つまり、男になる……ってコト!?　……って、思っちゃいました？」

「……思ってねぇよ……」

「あれあれ？　声がイラついてますよ？　図星、突いちゃいました？」

「うぜぇ！」

ぐいっと肩を押しやると、亜霜はくすくすと笑いながら立ち上がった。

「では、愛沙はこれにて！　……もっと素直になったほうがいいですよ、センパイ？」

上機嫌な足取りで、亜霜は去っていく。

おれは肘掛けに頬杖を突いたままそれを見送り、煮え切らない、もやもやとした気持ちを、腹ん中で掻き混ぜた。

なんなんだよ、あいつは……。

ふざけるか、本気になるか、どっちかにしろっつの。

亜霜愛沙◆惚気るときが一番楽しい

「にへ～」

「「「…………………」」」

運ばれてきた豪勢な夕飯に舌鼓を打っている最中、あたしの頬は緩みっぱなしだった。

美味しいから？　それもある。

けど、それよりもっとご飯が進むのは、頭の中に保存したセンパイの顔で。

「にへへ～」

あの虚を突かれた顔！　少しは期待してくれたんだ、あたしとそういう関係になれるかもって！　まったくもう！　飄々としてるようで、センパイもしっかり男の子なんですから！　誤魔化さなくたっていいのに～！

「……愛沙」

不意に、すずりんがお箸を置いた。

「ん～？　なになに～？」

「そろそろいいよ」

「何が～？」

「自慢しても」

瞬間、ゆめちゃランラン、あっきーがバッとすずりんのほうを向いた。

「か、会長⁉　いいんですか⁉」

「オススメできません！　せっかくのご飯が不味くなりますよ！」

「さすが会長だぁ、器が広いなあ～」

なんだかわからんけど失礼じゃないかな君たち。

すずりんは頰杖を突いて、

「このままへらへらされているほうがよっぽどご飯が不味くなるよ。この際、洗いざらい喋ってもらって、肴になってもらおうじゃないか」

「え〜？　何の話かな〜？　愛沙わかんなぁ〜い♪」

「いいからとっとと星辺先輩と何があったか喋れ！」

きゃー怖〜い♪　なんで怒ってるの〜？　好きな人と上手くいってないのかなあ〜？

「そんなに聞きたいなら〜、恥ずかしいけど話しちゃおっかな〜？」

ホントに恥ずかしいんだけどね！　本当はあたしとセンパイだけの秘密なんだけどね！

みんながどうしてもって言うならね！　仕方なくね！

そうしてあたしは、さっきセンパイとあったことを話した。

「――ね！　可愛いでしょ、センパイ？　それにしても脈アリ過ぎて困っちゃったな〜！」

「「「…………………」」」

どうしてか、すずりんたちは無言になって顔を見合わせた。

あ……あれ？　『キャー！』はどうしたの？　『キャー！』は。色めき立つところじゃないの？

「ずいぶんへらへらしているから、キスでもしたかと思いきや……」

「私は告白が成功したのかと思いました……」

「その程度のことでよくそんな緩み切った顔ができますね、先輩」

ひどくない⁉

「祝福してよ！　あのセンパイに照れ隠しさせたんだよ⁉　大金星だよ⁉」

「失礼ですが、照れ隠しだと思っているのは先輩だけなのでは？　『うぜぇ』と言われたのなら、普通にウザがられたと考えるのが妥当では」

「正論を言うなあーっ‼」

ランランはいつもそうだ！　すぐあたしに現実を突きつける！　後輩のくせに！

「まあ、照れ隠しだとして、だ」と、すずりん。「案外安い女だね、キミも。照れ隠しくらいでそれだけへらへらできるなら、それ以上のことがあったときはどうなるんだ？」

「へらへらするならマシなほうですよー」と、これはあっきー。「嬉しいことがあって顔に出るってことは、逆のことがあっても顔に出るってことですからね。へらへらするよりヘラるほうが百倍厄介ですよ」

「それもそうだね……。メンヘラ女ほど厄介なものはこの世にないからね」

「まったくもってその通りですね！」

「誰がメンヘラじゃあ‼」

むしろメンタルは強いほうだと自負しておりますけど！　どれだけ女子に嫌われてもまったく気にしない精神の持ち主ですけど！

「ま、まあ、進展があったならいいじゃないですか」

おお、ゆめち！　持つべきものは可愛い弟子だ！

「今まで一年も何もなかったんでしょう？　多少でも手応えがあったんなら、必要以上に喜んじゃってもおかしくないですよ」

「うぐっ！　……言葉の端々がチクチクと突き刺さる……！」

ああ、そうだよ……一年も何もなかったんだよ……男子を誑し込むのが趣味ですみたいな顔して、一年も何も……悪いかよぉ、見た目だけで……ビッチよりマシだろぉ……？

「あ、ヘラった」

「ごっ、ごめんなさい先輩！　可愛らしくていいと思います、私は！」

「ひぐ、ひぐ……ほんとぉ……？」

「変に余裕ぶってるよりずっと可愛いですよ！」

「……あたし、普段、変に余裕ぶってた……？」

「あっ、いや、そんなことは……！」

そう思ってたんだあ！　師匠とか言いながら、裏ではそんな風に思ってたんだあ！　ううう、女の子怖いよう……。

「そう落ち込むことはないよ、愛沙」

すずりんが再びお箸を動かしつつ、

「一年前に比べたらずいぶんマシになった」

「それで慰めてるつもりかあ!!」

「一年前の亜霜先輩、そんなに酷かったんですか？」

小首を傾げるゆめち。その言い方、今のあたしも充分酷いみたいに聞こえるんだけど？

「酷いなんてもんじゃなかったさ。事あるごとにジョーにコナかけようとするし、なんでこんな奴を生徒会に入れたのかと、愛沙を推薦した庶務の先輩に直談判したくらいだよ」

「あの頃、マジで仲悪かったよねー、あたしら！　あっはっは！」

「笑いごとか。ぼくはあの頃、キミを追い出す方法を本気で考えてたんだからね」

「それがなんで変わったんですかー？」と、あっきー。「今の二人は、そんなに仲悪そうには見えませんけどー」

「そりゃまあ、皆まで言うな、というやつだよ」

そう言って、すずりんは意味ありげな流し目をあたしに送ってきた。なんか嫌な予感。

「良くも悪くも、人を変えてしまうのさ——恋ってやつは」

「ああー！　確かに亜霜先輩、男で変わるタイプっぽい！」

あっきー、君も大概、先輩に失礼なこと言うね！

あたしは不貞腐れてそっぽを向きながら、

「その言い方だとあたしから好きになったみたいじゃん。最初に近付いてきたのはセンパイのほうからだし！」

「確かに、最初の頃のキミは、星辺先輩を避けてたからね」

「えっ？　そうなんですか？」

驚くゆめちに、すずりんはにやりと笑い、

「あのマイペースさだからね、からかい甲斐がなかったんだろうさ。むしろ苦手意識があったんじゃないかな。愛沙はこれで案外、男性っぽい男性が苦手だからね。自分がマウントを取れそうな大人しい男子にしか強く出られないのさ」

ふくっ、と小さく噴き出す声がした。

声の主を探してみれば、これまで黙ってご飯を食べていたいさなちゃんだった。

いさなちゃんは視線が集まったのに気付いて、わたわたと慌てつつ、

「すっ、すみません！　何でもありません！　典型的なオタサーの姫で草、とか思ってません！」

「言ってる言ってる」

あっきーに突っ込まれ、いさなちゃんはあわあわするけど、あたしとしては満更でもない。そうなのです。あたしはオタサーの姫気質なのです。スタイル以外はね！

「まあ、そういうわけで、最初はあまり星辺先輩には絡んでなかったのさ。けど、ほら、星辺先輩はあれで結構、面倒見のいい人だからね――愛沙があんまり痛々しいものだから、ときどき話しかけて様子を見ていたらしい。そのうちに気付いたら……」

「ちょいちょい！　それだとあたしがチョロい女みたいじゃん！」

「その通りだけど？」

けろっと言うな！　この女～……！

「……きっかけがあったの。それまでは本当にウザいとしか思ってなかったし！」

「へえ？　だったら聞かせてもらおうじゃないか、そのきっかけとやら」

やば。墓穴掘った⁉

すずりんは意味ありげな薄い笑みを浮かべて、

「惚気るのが好きなんだろう？　だったらとことん惚気たまえ」

……アプローチが上手くいったのを自慢するのとは違うじゃん。もっと、こう、なんか、弱いところを晒すみたいっていうか……。

「なあ、みんな。みんなも聞きたいよね？」

「聞きたいです！」

「聞きたーい！」

ゆめちとあっきーに期待の目を向けられて、あたしは逃げ場がなくなったのを悟った。

溜め息をついて、あたしは不承不承、約一年前のことを思い返す。

「……確か、体育祭のときだったかな――」

亜霜愛沙◆あたしの本気

誰かにあたしを見てほしい。

自分にそういう欲求があることに気付いたのは、小学生のときだった。

きっかけは学芸会の劇だ。あたしはこの通り、顔だけはなかなかイケている女なので、そのときも当然のように主役をやらされていた。

体育館の舞台の上で、物語のヒロインになりきり、クラスメイトに褒めそやされ、父兄の方々の喝采を受け、……そしてその翌日、当たり前の日常に戻ってきたとき、あたしは思ってしまったのだ。

物足りない、と。

自分に視線が集まることの喜びを知り、それがない状態がもどかしく思えてしまった。

——なんでみんな、もっとあたしを見てくれないの？　昨日まであんなにあたしのことばっかりだったのに！

ここで、そう、例えば劇団に入るとか、本格的に演技の道を歩んだりしたら、夢を追う少女の美しいオリジン・ストーリーになっていたのかもしれない。けど、あたしにはそんな行動力も、情熱もありはしなかった。ただただ、ぼんやりとした不満足感を抱えながら、日々を過ごしていくばかりだった。

中学校でも、ポエムを書いたり、変なメイクをしたり、まあ通り一遍の典型的な、中学生らしい奇行に走りはしたけど、やっぱり直接的な行動に繋がることはなかった——あたしに何らかの才能があれば、そのときに動画配信なりをして、この欲求の行きどころを見つけていたのだろう。そこまではできなかった辺りが、きっとあたしの限界だった。

そんなだから、高校でも、大人しそうな男子にちょっかいをかけるくらいのことしかできなかったのだ。

あの先輩が、どうしてあたしを生徒会に推薦したのか、今でもよくわかってない。何せ同期があの子だ。紅鈴理だ。どう比べたって、あたしにはあの子ほどの天才性はない。生徒会において、あたしはどう考えても、紅鈴理の横にいるサブキャラだった。

だから——なのかもね。ジョー君に絡むのが面白かったのは。

ジョー君自身は、特に面白い反応をしてくれたわけじゃなかった。面白かったのは、すずりんのほうだ。あの天才少女が、カリスマの塊が、あたしがジョー君に絡むとムキになってやってくる。それが面白くて仕方がなかった。この世の主人公みたいなこの子の頭が、あたしでいっぱいになっていると思うと、ウキウキして仕方がなかったのだ。

あ、百合じゃないよ。言っておくけど。

これは……そう、有名人のSNSにウザいリプライを送るようなもの。すごい人の時間を、ほんの少しであれ、自分に使ってもらえることの満足感。他の誰かのすごさで自分の矮小さを誤魔化す、どうしようもない三下の自慰行為だ。

そんな、あたしの小ささを。

あの人は——いつの間にか、見抜いていたのだ。

——亜霜。お前、やるならもっと本気でやれ
体育祭のプログラムを、あらかた済ませた後だったと思う。

初めての大きな行事を無事に終わらせ、達成感に包まれて解散した後、帰ろうとしたあたしにセンパイがそう言ったのだ。

生徒会の仕事のことを言われたのかと思って、あたしは少しむっとした。

——……仕事はちゃんとできてたと思いますけど
——ああ、お前は器用だな。何でも卒なくこなしやがる。紅への絡み方を除けばだがな
そして、まるで自分を守ろうとするかのように、激しい憤りが湧き上がってきたのだ。

ドキリとした。胸の奥を、不意に貫かれた気がした。

——突っかかってくるのは向こうなんですけど？　なんであたしが怒られるんですか？

何にもわかってないくせに。

このときのあたしは本気でそう思っていた。何にもわかってないくせに。あたしのことなんか見てないくせに。いつも暇そうにしてるばかりで、あたしとは話そうともしないくせに——わかった風なこと言わないで。

このときのセンパイは、何でも要領よくこなして、悩みなんて何にもなさそうに見えていた。すずりんを生徒会に引き入れてからは特にそうだ。この人は、紅鈴理と同じ側。あたしみたいな卑小な人間のことなんて、わかるはずないと思ってた。

なのに。

——浅い手段で稼いだ視線は、相応の価値しかねえ

クリティカルしか出さない。

——お前はそれで満足か？　だったら、おれの的外れな説教なんざ忘れちまえ

あたしの急所が、全部見えているようなことしか言わないのだ。

——……失礼します

あたしは逃げた。図星の正論が心に突き刺さって、今にも泣いてしまいそうだったから。弱さを涙で誤魔化すような真似だけは、プライドがかろうじて許さなくて、這う這うの体でその場から逃げ去った。

ムカつく。ムカつく。ムカつく！

涙を押し留めた後は、ひたすら憤りが頭の中を駆け巡った。なんであんなこと言われないといけないの？　会長だからって、センパイだからってそんな権利ある？　ろくに話したこともないのに、あんな上から目線で言うことある⁉

やるならもっと本気でやれ？　これがあたしの本気なの‼　でなきゃスタイルを維持す

るためのの筋トレなんてしないし！　パッドだってこんなに入れないし！　手を抜いてることなんて一個もない!!　女子のことなんか何も知らない童貞のくせにさあ!!

——お姉ちゃあーん！　ごはんーー！

気付いたら夜だった。家に帰り、ベッドに飛び込み、イライラをじたばたして発散させている間に、何時間も過ぎ去っていた。なにこれ？　自分にびっくりする。センパイへの恨み言を頭の中で繰り返している間に、こんなに時間が経ってたの？

恐ろしいことに、その状態は翌日以降も続いた。

折に触れてセンパイの言葉を思い出してはイライラし、生徒会でセンパイと顔を合わせると、姑のようにその一挙手一投足から粗を探そうとした。たまに話しかけられると、口では何事もなさげに答えながら、頭の中では罵詈雑言の嵐をぶつけていた。

本気って何？

やがて、あたしの中に満ちるのはその問いだけになる。本気って何？　自分は何事にも手を抜いてるくせに、あたしにどんな本気を出せって？

確かにあたしは自分より弱いものにしか手を出せない小心者だ。でもさ、それに本気を出したらなお悪いじゃん。弱いものいじめが加速するだけじゃん。あたしはわざとほどほどにしてるの。ジョー君だって、もしあたしに本気になっちゃったら、紅鈴理との関係性が洒落にならなくなっちゃうでしょ？　だから——

だから。
あたしが本気を出すとすれば。
自分より目上の——格上の。
例えば……本来苦手な、大きな男の人の、センパイとか。
——セーンパイっ！　何してるんですかぁ？
本気を出せって言ったんだ。お前が出せって言ったんだ。
見せてあげるよ、愛沙の本気。
誰かにあたしを見てほしい。
元はそれだけの欲求だった。
けど——今は、誰かじゃない。
お前に。あなたに。センパイに。
あたしを見てほしい。
あたしを見ろ。
これがあたしの本気だ。

羽場丈児（じょうじ）◆愚か者

「あ？　おれの恋愛遍歴？」

食事後、川波くんの持ってきたゲーム機で、のんびりとゲームに興じているときだった。

川波くんが画面の中で物件をまとめ買いしながら、そんな話を切り出したのだ。

「っす。星辺さんって、結構モテそうじゃないっすか。彼女とかいたことあんのかなって」

「今いんのかって訊かねぇのかよ」

「いたら亜霜先輩をもっと拒否るでしょー」

俺は特に目立つこともなく青マスで所持金を増やしながら、内心ヒヤヒヤしていた。

星辺先輩の恋愛遍歴。

それは、亜霜さんがあの感じになってる手前、生徒会ではあまり話題にしないことだった。少なくとも、生徒会長になってからは、そういう浮いた話は聞いたことがない――先代の庶務の先輩と付き合ってるんじゃないか、と噂が立ったことはあった――けど、それより前についてはその限りではない。

部活をしていた頃は、一年生ながらエースと呼べるくらいの選手だったという。

それでこの長身なんだから、普通に考えてモテないはずはなかった。

「彼女ねぇ……」

星辺先輩は、貧乏神の攻撃をノーリアクションで喰らいながら、

「中学のときに、いたぜ。一瞬だけだがな」

「へえ〜！」

　川波くんは興味深そうに声をあげる。

　もう一人の一年生・伊理戸水斗は、自分のターンを手早く済ませるとまた文庫本を手に取った。初めてやるゲームなのに一瞬でコツを摑んで、今ではこの調子だ。

「どんな子だったんすか？　告白はどっちから？」

「別に普通だったぜ。特別可愛いわけでもブサイクなわけでもない、普通の奴。告白はあっちからだ。部活をしてる姿が好きって言われたんだが……」

「だが？」

「部活ばっかしてたらフラれた」

「それ、笑ってもいいんすか？」

　川波くんは当惑した顔になった。

「いいぜ。気の利いたジョークみてぇだろ？」

「でも、そういうところあるっすよねー、女子って。口で言ってることと本当に望んでることが全然違うっつーか……こっちをテレパスだと思ってんのかよ！　って思っちまうようなところ」

「まあなぁ。付き合い始めたら急におれの時間が増えるとでも思ってたのかね。普通に考えりゃ、部活に打ち込んでたら放課後遊べねぇのはわかんだろうにな。

「女子に限らず、そういう考え不足な奴はいるっすよね。想像力が足りねーっつーか……。その元カノは、結局どうなったんすか？」

「そいつは元々、部活を勝手に見学してたギャラリーの一人だったんだが、それ以来、顔を見なくなったな。気まずくなったのか、おれに幻滅したのか……」

「幻滅したんだとしたら、ずいぶん勝手な話っすねー」

俺は、顔も名前も知らないその人のことを、自然と想像していた。毎日部活に精を出すカッコいいヒーロー。テレビ越しでもネット越しでもない、最も身近なアイドル。憧れだけど、手を伸ばせば届くかもしれない。その可能性に魅入られて勇気を出し――そしたら、思ったよりあっさり手が届き。

けど。

自分の立場は変わらない。

「――愚かですね。背景から出られるって、勘違いしたんだ」

思わず、ぽつりと呟いていた。

その人の愚かさ、哀れさに、落ち着いてはいられなくて。

「人にはそれぞれ、弁えるべき分というものがある。勘違いしてその分を超えれば、自分の不足を突きつけられることになるだけです……」

独り言のようなものだった。誰も聞いていなくても構わなかった。いや、むしろそのつもりで口にした言葉だったかもしれない。

だけど、星辺先輩は、

「……まあ、違いねぇわなぁ」

まるで記憶を噛み締めるように、

「だが……あの頃、遠目におれを見て騒いでた女子は何人もいたが……実際に告ってきたのは、あいつだけだった」

平坦な抑揚で、だからこそ嘘のない言葉を告げた。

「その勇気は、すげぇもんだと思うんだよな、おれは」

……確かに、そうかもしれない。

俺は、愚かになることすらできない、愚か者だから。

羽場丈児◆信じることはできなくても

〈午後10時、地下1階自動販売機前〉

一方的に送られてきたメッセージに従い、俺は持ち前の存在感の薄さを使って、こっそりと男子部屋を抜け出した。

旅館の地下といえばゲームコーナーだけど、夜も遅いからか、筐体がぼんやりと光るばかりで、人の気配は全然しなかった。

ただ一つ——その横の自動販売機の前に佇(たたず)む、バニーガールを除いては。

「————————」

は？

紅さん……。

バニーガール……うん。一瞬見間違いかと思ったが、それはどう見てもバニーガールだった。さらに言えば、自動販売機の光に照らされるその顔は、俺のよく知るものだった。

俺を呼び出した、まさに当人だった。学校始まって以来の天才と称され、全校生徒が仰ぎ見るカリスマ生徒会長が、なぜか、際どいバニーガール姿でそこにいるのだった。

しかも、よりによって後ろ姿だった。前から見たって目のやりどころに困るだろうに、後ろ姿に至っては、白い背中はがら空きで、お尻にはスーツが食い込んで、どこを見たって邪(よこしま)な視線になってしまう。

紅さんは、背丈も小柄で、胸の大きさも普通だけど、お尻はちょっと大きい。

たぶん、事あるごとに迫られている、俺くらいしか知らないことだ。骨格のおかげなのか、小柄なのに安産型で、だからボディラインも女性的に見える。

その紅さんがバニースーツを着るなんて……食い込み気味のスーツと黒いタイツが、綺(き)麗(れい)なヒップを扇情的に飾っていて、むしろ後ろ姿のままでいてほしいと思うくらい——

「――――っ⁉」

紅さんと不意に目が合って、心臓が跳ねた。

ば……バレた？　遠目に背中やお尻を見ていたことが……。

急速に気まずくなって、この場から逃げ出したくなった。けど、きっとそんなことは最初からお見通しで、紅さんは肩越しにこちらを見たままで言う。

「そんなところでどうしたんだい、ジョー？　早く――近くに来なよ」

わかってる。やっぱりわかってるんだ、紅さんは。俺のどうしようもない、ふしだらな劣情のことなんて。

俺は観念して紅さんに近付いていく。近付けば近付くほど、紅さんの白い背中が眩しくなって、誤魔化しようもなくそっぽを向かざるを得なかった。

紅さんはくつくつと笑う。

「おやおや、どこを見ているんだい？　そっちには何もないと思うんだけどね」

「……すみません」

「何に謝っているのか、皆目見当つかないな」

そう言いながら、紅さんは自販機のボタンを押すと、「よいしょ」と取り出し口に手を伸ばすべく腰を曲げた。そう、お尻を俺に突き出すようにして。

強烈な吸引力だった。見まい見まいとどれだけ思っても、まるでルアーのように揺れるそのお尻に、視線が吸い寄せられてしまう。スーツから溢れ出したような丸い輪郭、タイツ越しに薄く透けた肌色、近くで見るそれらは、問答無用で俺の獣性を呼び覚ます。

ダメだ。

身の程を弁えろ。

俺の中で頭をもたげたケダモノを、殴りつけるようにして抑え込むと、紅さんはようやく上体を起こして、身体ごとこちらに向く。

「どうやら……楽しんでもらえたみたいだね？」

正面から見る紅さんのバニー姿は、それはそれで破壊的だった。コルセットのように身体に張りついたスーツは、彼女の腰の細さや、胸の膨らみのサイズ感を誤魔化しなしで伝えてくる。しかも、サイズが合っていないのか、胸を覆っているところが少しだけ、肌から浮き上がっているような気がした。

「……なんで、そんな格好をしてるんですか……」

「罰ゲームでね。勝者が敗者にコスプレをさせることができるというルールだったんだ。それでこの格好になったんだが、着替えるのが面倒だったんでそのまま来たんだよ」

「……嘘ですね。いま気付きましたが、そこのベンチに浴衣が脱ぎ捨ててあるじゃないですか。バニーの上にそれを着てここまで来たんじゃないですか？」

「ふふ。さすが。目敏いね」

紅さんは、頭の上の長いウサ耳をひょこひょこと揺らしながらベンチに移動して、脱いだ浴衣を拾い上げた。

「まあ座りたまえ。立ちっぱなしは疲れるだろう」

拾っただけで、着るつもりはないらしい。

俺が大人しくベンチに座ると、紅さんは「どうぞ」とさっき買っていた缶ジュースの一本を俺に渡した。このとき、胸元を強調するのも忘れない。胸の生地が少し浮いているから、中が覗けてしまうんじゃないかと緊張したが、幸い、そこはちゃんと計算しているらしかった。

紅さんは俺の隣に座ると、缶ジュースをカイロのように両手の中で転がしながら、

「この格好になってみたところ、一部女子から非常に好評を得てね。曰く『ケツがエロい』ということらしい」

誰だ。余計なことを。絶対亜霜さんだろ。

「なるほど、女性の武器は胸だけではなかったかと目から鱗が落ちてね。早速試してみることにしたんだが――」

紅さんは流し目を送ってきたかと思うと、意識の間隙を突くような素早い動きで俺の肩を摑み、耳元に口を寄せてきた。

「(――子供を産ませたくなったかな?)」

俺が顔を強張らせると、紅さんは身を離してくつくつと笑った。

溜め息をつくのを抑えられない。

「……あなたは、どうして俺にだけ、そんなに品がなくなるんですか……」

「どんなに清楚な女の子でも、惚れた男の前でなら多少は下品になるさ。それに、ぼくみたいな成績優秀な女子がエッチなことを言うと興奮するんだろう？　参考資料に書いてあった」

「何度も言いますが、その参考資料は捨ててください」

本当のことばかり書いてあるから困る。

「あ、ちなみに、子供を産ませるのはせめて高校を卒業してからにしてくれよ。『事前練習』なら、いくらだってしていいけどね？」

「下ネタを嫌うのは女子だけじゃありませんよ」

「普段なら聞く耳を持つところだけど、今日だけはどんなに注意されても響かないな」

紅さんはくすりとからかうように笑うと、バニースーツの胸元に指を引っかけた。

「いつぶりだろうね、あんなに熱い視線を感じたのは……。自分があれだけ欲情しておいて、ぼくにだけ上品にしろというのは不公平じゃないかな？」

「……ぐ……」

二の句が継げない。今日ばかりは、紅さんのマウンティングを振り払う方法がなかった。

紅さんは煽(あお)るように、胸元の生地をくいくいと揺らし、

「ちなみにこれね、意外と生地が硬くできていて、胸のところだけペロンと剝(は)がれたりはしないんだよ。試してみるかい？」

「……試しません……」

「強情だな。さっきからスーツと胸の隙間が気になって仕方がないくせに。わざわざ目に焼き付けなくても、今好きなだけ見てもいいんだよ？　ほらほら」

紅さんは調子に乗って、胸元を軽く引っ張りながら身を乗り出してくる。俺はそれから逃げるために、身体を横に傾けていく。

やがて、それも限界に達した。

俺はベンチに寝そべる形になり、紅さんは俺に覆(おお)い被(かぶ)さる形になった。こうなったらいったん身を引くのが普通だと思うが、紅さんは俺の腰を膝で挟み、文字通りにマウントを取った。

俺は薄く笑う紅さんを見上げながら言う。

「紅さん……どいてください」

「やだね」

俺の下腹部に、紅さんのお尻が落ちる。「ごぅふっ⁉」と悲鳴を上げると、紅さんは楽しそうにくすくす笑った。

「今日は逃がさないと決めてるんだ。キミがぼくに欲情したって認めるまで、放さない」

「……何が、そんなに面白いっていうんですか。俺があなたをそういう目で見てるってわかったって、気持ち悪いだけでしょう」

「他の男なら気持ち悪いさ。でも、キミにだったら、すごく嬉しい」

「どうしてですか。身体目当ての最低な奴じゃないですか」

「だってさ……キミは、傍から他人のことを見ているばかりで、自分のことを話さないじゃないか」

「………………」

「それがどういうものであれ、キミが自分のことを正直に話してくれるなら、ぼくはすごく嬉しいよ。やっと……キミと同じ場所に来れたんだって、そういう気分になる」

……そんなの、錯覚だ。

あなたと俺とは、違う世界の人間だ。

仮に錯覚じゃなかったとしても——

——あなたみたいな人が、俺のいる背景に来るなんて、あってはならない。

「ねえ、ジョー」

紅さんは俺の頬に手のひらを添え、親指でこめかみの辺りを撫でた。

「キミは、ぼくを何でも簡単にできる奴だと思ってるかもしれないけどさ。……ぼくにだって、頑張らないといけないことはあるんだよ？」

「…………………」

「今だって、恥ずかしいのを頑張って堪えてるんだ。こうしてるだけで顔から火が出そうなんだよ。こう言いながら、言わなければ良かったって後悔してるんだ」

嘘言え。そんなに平然とした顔と、声音で。

……けど、そんな嘘をつかない人だってことは、もう知ってる。

「好きって言うたびに、勇気を振り絞ってるんだよ、ジョー。キミにはそんな風に見えないかもしれないけど、ぼくはいつだって本気なんだ。だから、たまにくらい——応えてくれてもいいって、そうは思わないか？」

——その勇気は、すげぇもんだと思うんだよな、おれは

ついさっき聞いた、星辺先輩の言葉が脳裏を過ぎる。

先輩は元カノの言動に愚痴りながらも、その勇気にだけは敬意を表していた。きっと恋愛感情はさしてなかっただろうに、それでも一度付き合ったのは、たぶん、その敬意があったからなんだと思う。

今まで、紅さんのこういうアプローチを、何度も受け流してきた。だって、俺には資格がない。こんなに眩いスポットライトを浴びた、主人公みたいな人の横に立つ資格がない。だから、こんな気の迷い、こんな冗談みたいなことで、彼女に傷を付けたくない。その一

心で、全部全部拒絶し通してきた。

でも、それは、彼女の勇気を足蹴にする行為だったのだろうか。

俺は紅さんを傷付けまいとして、彼女を傷付け続けていたのだろうか。

……いや、本当はわかっているんだ。ただの遊びで、こんな風に何度も迫られるはずがないってことくらい。

でも、信じられないんだ。

今まで、当たり前に一人きりだった。今まで、当たり前に無視されてきた。今まで、当たり前に誰の視界にも入らなかった。

なのに——初めて、俺のことをまっすぐに見てくれる人が。

こんなに綺麗な人だなんて——信じられるはずがないじゃないか。

「……紅さん、俺は——」

まだ、信じられない。

けど——あなたが、勇気を出したというのなら。

きっと俺も、勇気を出すのが筋なのだ。

「——あなたに、とても、……欲情しました」

紅さんが、大きな目を、さらに大きく見開いた。

その顔を見て、頭が爆発しそうになる。秒で後悔した。言わなければ良かった。今すぐ消えてしまいたい。なのに、紅さんは俺を放してはくれなかった。

「……っふ、ふふ」

小さく噴き出して、肩を揺らし。

それから、俺の顔を両手で捕まえて、逃げられないようにして、瞳を覗き込んでくる。

「どこに？」

「……はい？」

「ぼくの、どこに欲情したのかな？」

「……言わなきゃ、ダメですか？」

「ダメだよ。……言うまで、逃がさない」

勘弁してほしかった。思わず泣きそうになったけど、紅さんから逃げられるなんて、俺にはとても思えなかった。

「その……背中が、白くて。肩甲骨とか、肩の輪郭とか、普段は見えないところが……」

「うん。他には？」

「お、……お尻、に、その……服が、食い込んでるところ、とか……」

「うん。他は？」

「胸が……み、見えそう、で……」

「他」

問いを重ねるたびに、紅さんは身体を密着させてきた。俺の胸板で柔らかな膨らみをむにゃりと潰し、密やかな吐息を首筋に吹きかけてくる。どこから香るとも知れない甘い匂いが、脳髄に染み渡ってビリビリと痺れさせた。

だから、どうしようもなく。

言葉よりも、態度よりも、何よりも雄弁な証拠が――

「……あっ？」

紅さんが戸惑いと驚きを含んだ声を漏らし、自分のお尻のほうを振り返った。

そこに当たった感触に、気が付いたのだ。

「これって……」

「すっ……すみません……」

俺にはどうしようもなかった。こんな体勢じゃあ、誤魔化せるものも誤魔化せない。

紅さんの顔が、見る見る赤くなっていくのがわかった。

身体がぷるぷると震え出し、冷や汗のようなものが首筋に浮いて、

「ジョ、ジョ、ジョー……あの……」

「は、はい……？」

「……今日の分の勇気は、……もう、品切れかもしれない……」

え？

俺が戸惑っているうちに、紅さんは素早く俺の身体から離れ、自分の浴衣を胸に抱えた。

「ほっ、本当にごめんっ！　それじゃあ!!」

そして、疾風のごとく走り去ってしまった。

俺はベンチの上で、中途半端に身を起こした状態でそれを見送り、……まだ甘い痺れの残滓がわだかまる頭で、思う。

……可愛かった。

顔を赤くした紅さんは、思い返すだけでどうにかなりそうなくらい、可愛かった。

紅鈴理◆絶対イケただろ委員会

手早く浴衣を着込んで帰りついた女子部屋には、蘭くんしか残っていなかった。

「あ、お帰りなさい、会長。どこに行かれてたんですか？」

「ちょっと飲み物を買いにね」

平静に答えながら、ぼくは窓際の広縁に行く。

窓の前に向かい合わせる形で置かれた椅子の片方に腰掛け、さっき買ったままプルタブも開けていない缶ジュースを一口飲んで、

――絶対イケたああああ～～～～っ!!

心の中で頭を抱えた。

さっきのは絶対イケた！　そういう雰囲気だった！　ぼくがビビりさえしなければ！　だっ、だってビックリしたんだもん！　知識ではわかってても！　あんなに、過去最高に可愛くなってたジョーが、いっ、いきなり、あんなっ……！　うああああああ!!

ぼくって奴は！　他のことなら大抵緊張もしないのに、どうしてああいうときだけ！　せっかく余裕ぶってたのに、あんなの生娘丸出しじゃないか!!

絶対イケた……。絶対イケたぁ……。場所がちょっとアレだったけど……。いや、そう、人気がないとはいえ公共の場所でっていうのはね……ちょっとね……。そう、ぼくは良識ある人間として、場所を選んだだけなんだよ、うん。……でも絶対イケたぁ……。

今日はもう寝たい……。布団に倒れ込もうかと思ったが、それには浴衣の下に着込みっぱなしのバニースーツが邪魔だった。

……次は、どんな衣装がいいかな。

そんなことを考えながら、ぼくは背中側のファスナーに手を掛けた。

伊理戸水斗◆ひとたび栓が抜けたら

「……ん？」

男子部屋でのゲームがひと段落ついた後、いい読書場所がないかと旅館内をそぞろ歩いていると、見知った顔に出くわした。

「あ、水斗君」

「…………………」

静かなラウンジのソファーに座っていたのは、いさなと結女だった。いさなは膝の上のタブレットから顔を上げてこっちを見るが、結女のほうは僕に気付くなり、どこか気まずそうに目を逸らした気がした。

「どうしたんですか？　男子部屋でハブられでもしたんですか？」

「……してないよ。なんとなく各自自由時間になっただけだ」

結女の様子が気にかかったが、とりあえずいさなとの会話に応じる。

「そっちは？」

「わたしたちもです〜。旅館の中もいろいろあるみたいなので、ちょっと回ってみようって、結女さんと一緒に。今ちょうど、昼間に描いた絵とか撮った写真を見てもらってたんです」

「へえ」

人に見せられるくらい描いたのか？　気になって近寄り、いさなのタブレットを覗き込もうとすると、

「あっ……わ、私、ちょっとトイレ！」

まるで僕に弾かれたように結女が立ち上がり、ピューッと走り去ってしまった。トイレとは逆の方向に。

……僕は、足湯でのことを思い出す。

振り返ってみれば、何の意味があったのかわからない、白昼夢のような一時。

今まで、冷静さをもって守っていた一線を、一時の感情で踏み越えようとしてしまったような、罪悪感のようなもやもやが、僕の中には残っていた……。

「水斗君、こっちどうぞー」

「……ああ」

僕はいったん、そのもやもやを振り払い、さっきまで結女が座っていた、いさなの隣に座る。結女の体温がシートに少し残っていて、一瞬、体重をかけるのを躊躇った。

「異人館良かったですよねー。この構図とかエモくないですか？」

そんな僕のことは露知らず、いさなはぴとりと僕に肩をくっつけて、タブレットの画面を見せてくる。

……マズい。今日はどうも、そういう日らしい。

首筋を撫でる艶やかな髪や、細く白い首筋、そして浴衣の合わせから覗けてしまう胸元が、いつもよりも気になってしまう。旅行という非日常がそうさせるのか——いや、きっと、足湯でのあの一時が、僕の理性の栓を抜いてしまったのだ。

いさなはそれを知らない。だから、いつも通り、じゃれつくようにして身体をくっつけてくる。男とは違う、ふわふわと柔らかい身体を。耳たぶをくすぐるように話しながら。

「でも、絵にするとなると難しいんですよねー。それぞれのパーツがどういう理屈でそこにあるのか、全然わかりませんし。やっぱりそういうの勉強したほうがいいんですかね？　めんどくさぁ……」

「……必要に応じてでいいんじゃないのか。勉強から始めると、君の場合、飽きそうだし」

くすぶった火のような感情を横に押しやりながら、僕は努めていつも通りに話す。

大丈夫。これが僕らの、普段通りの距離感なんだ。どこにも問題はない……。

どこかからせり上がる熱のようなものを、どうにか鎮めたそのときだった。

いさなが急に、ぺたぺたと、僕の肩やら胸やらを触り始めたのだ。

「ちょっ……お、おい、なんだ？」

動揺を押し殺して訊くと、いさなは「にへへ～」と嬉しそうに笑い、

「やっぱり水斗君は安心します～」

そう言って、むぎゅっ、と僕の頰を両手で包み込んだ。

しっとりとした手のひらが、接着されたように、ぴたりと僕の肌に吸いつく。

「慣れない人に囲まれて、ちょっと緊張してたんです。今のうちに回復させてください」

「……人をセーブポイントみたいに言うな」

「どっちかといえば、リスポーンポイントですね」

……戻ってくるってことか。最終的には。

いさなは僕の頰をむにむにと捏ねる。押しのけたいところだったが、今の僕は、彼女の身体のどこに触れても良くない気がして、動くことができなかった。

「むむん？」

そんな僕に、いさなは小首を傾げる。

「いつになく無抵抗ですね、水斗君。チューしちゃいますよ？」

「やめろ……。浴衣は生地が薄いから、ちょっと触りにくいだけだ……」

「え〜？　わたしがこんなに触ってるんですから、水斗君も触っていいんですよ？」

良くないんだよ！　胸にぶら下げてるそれを認識して物を言え！

「んん〜……？」

いさなは訝しげに眉根を寄せ、僕に顔を近付けた。僕は顔を逸らして逃がそうとしたが、頰を挟まれた状態では可動域にも限界があった。

「今日の水斗君……何だか、可愛くないですか？」

「は、はあ？」

「嗜虐心を刺激するというか……いじりがいがあるというか……」

ちょ、おい。妙なこと考えてないか、こいつ！

「えいっ」

いさなは一気に、僕の首に腕を巻きつけるようにして抱きついてきた！

ぐにゅうっと、胸で柔らかな巨大なものが潰れる感覚。水風船にも似たその感触が、さしたる防壁もなくダイレクトに伝わってきたことに気付き、頭の中でバチバチと閃光が走った。こいつ、ブラしてない！

「（身体が強張ってません？）」

ひそひそと、耳に囁き声が流し込まれる。

「（もしかして、今更わたしのおっぱいに目覚めちゃいました？　水斗君の理性さえ溶かすとは……これが有馬温泉のパワー！）」

ぐにっ、ぐにっ、といさなは面白がって胸を押しつけてくる。どれだけ潰れても元に戻ろうとするその弾力に、僕は白目を剝きそうになった。

「（うぇへへ。こんな機会滅多にありませんからね。記念にいっぱいキョドらせておきましょう！　うりうり〜）」

「ちょっ、やめっ……！　〜〜〜〜っ!!」

普段、まったくリアクションしないのを地味に気にしていたのか、いさなはここぞとばかりに仕返しを繰り返すのだった。

明日葉院蘭◆まさかそんなはずが

「〜〜〜〜っ!!」

わたしは廊下の角に隠れて、身震いすることしかできませんでした。

人気のないラウンジに、見覚えのある顔を確認したのが一分前。それが伊理戸水斗と東頭さんだとわかったときには、すでにおぞましい行為が始まっていたのです。

かっ、肩をくっつけるくらいならいざ知らず……! あ、あんな、顔を触ったり、近付けたり、抱きついたり……！　人気がないとはいえ、こんな公共の場所で！　伊理戸水斗と東頭さんがただならぬ仲にあるのは、様子を見ていたらわかりました。いくら本人たちが口で否定しても、あんな距離感で接する男女が特別な関係でないはずはありません。

東頭さんは大人しい方のようですから、きっと伊理戸水斗のほうが迫ったのではないかと、漠然とイメージしていました……。けど、ラウンジで展開されている光景では、むしろ東頭さんのほうが積極的で……。

お、おかしいと思っていたんですっ！　お風呂で妙にわたしの胸を見てきますし！　でも、あんな大人しい顔をして、あんなふしだらな方だったとは……！　体型のことで悩みが共有できるかも、なんて一瞬でも思ったわたしが馬鹿でした！

……あれが、恋人というものなんですね。身体が近いだけじゃない。遠慮も躊躇も取っ払い、心を溶け合わせたような……。

間近に見るのは、そういえば初めてのような気がしました。街を歩けばカップルはいますが、それはあくまで、人目があるとき用の外面です。人目がないときの、二人っきりのときのカップルは、あんな風に……。

……羨ましいなんて思いません。憧れることもありません。檻の中の動物を見て珍しがることはあっても、ああなりたいと思うことはないように。

ただ、疑問はあります。

伊理戸水斗は、あんなことをしていなければ、一位を獲れるのではないでしょうか。

一学期の中間テストでやったように、東頭さんに向けている意識を、少しでも勉強に戻せば、伊理戸さんを抜いて一位になれるのではないでしょうか？

……わたしは、一位になりたい。一度だけじゃ足りない。ずっとずっと、一番がいい。

それを捨てても構わないくらい、恋人というものは、いいものなんでしょうか……。

……わかりません。

わたしにはわかりません。

伊理戸さんや、亜霜先輩や……紅会長には、わかるのでしょうか。

「…………」

いや、まさか。

あの紅会長が、横に並び立つ者なきあのお方が、あんな風に頭の溶けたようなことを、男子にするはずがありませんよね。

川波小暮◆楽園追放

「おっすー！　遊びにきーたぞっと——あれー？」

オレが布団に寝転がってスマホを見ていると、浴衣姿の暁月がピョコッと入口に顔を出して、きょろきょろと室内を見回した。

「川波、あんた一人？　他のみんなはー？」

「自由行動。ま、こっちは基本、みんなソロプレイヤーだからな」

星辺さんも、一緒にいるときは合わせてくれるものの、元来の性格としては一人が好きなタイプだろう。伊理戸と羽場先輩は言わずもがな。

まあ、こうして解散状態になってんのは、性格だけが理由じゃねーだろうけどな？

オレは寝転がったまま暁月を見上げて、

「そっちも一人じゃねーか。女子も解散してんじゃねーの？」

「まあねー。それぞれ頑張ってるんじゃない？」

「ひっひひ。そういうこったろーな」

オレたちが解散の流れになったのは、いつの間にか羽場先輩がいなくなってたことがきっかけだ。昼のスタバで、羽場先輩が生徒会長に何か耳打ちされてたのは確認済み。きっと会長に呼び出されたんだろうな。今頃、どこでイチャついているのやら。

「きしょ。一人で笑ってる」

オレの枕元に立ち、暁月はゴミを見るような目で見下ろしてくる。

オレは目の前で揺れる、暁月の浴衣の裾を見ながら、

「パンツ見えてっぞ」

「見えてるわけないじゃん。穿いてないし」

「……マジで？」

「うっそー♪　期待した？」

オレの顔を覗き込んで、にひっと笑う暁月。オレはイラッとした。

「期待なんかするか。怪奇・ノーパン女が公然と出歩いてることに戦慄しただけだっつの」

「心配しなくてもわかんないよ。裾長いし。パン線が出なくて逆にいいんじゃない？」

「……おい、ちょっと待て。穿いてるんだよな？」

「確かめるー？」

晩月は煽るように浴衣の裾をめくり、白い太腿をチラつかせた。今更、その程度で動揺するような相手でもなかったが、この話を続けると泥沼になるような気がして、オレはコメントを差し控えた。

晩月はオレの頭の横にすとんと座り、

「どう？　神戸旅行」

「すげー楽しいぜ？　こんなに間近で生徒会の恋愛模様を見られるなんて思わなかった」

「感謝してよねー。あたしが誘ってあげたんだからさ」

「あー、はいはい」

しばし、スマホをいじるだけの時間が流れた。

「……ねえ。あんたってさ、本当に人の恋愛見てるだけで幸せなわけ？」

「なんだよ急に。何度もそう言ってんだろ？」

「羨ましくなったりしないのかなーってさ」

「ならねーよ。自分の恋愛はもう懲り懲りだ。お前が一番知ってるだろーが」

「そだね。……まあ、あんたがそれでいいんなら、それでいいのかな」

「…………？」

オレは怪訝に思って、再び晩月の顔を見上げる。

中学生みたいな幼い顔には、憂いのような感情が薄く浮かんでいる気がした。

「……おい。今日のお前、なんか変だぜ」

昼からずっと、違和感があった。いつものこいつとは何かが違う——何とは言えないが、何かが違う。靴の中に小さな石ころが入り込んでるときみたいな、些細な心地の悪さ。

「大したことじゃないよ」

と、暁月は平然とした顔で言う。

「ヘビに唆されてリンゴを食べちゃった、って感じかな」

「……似合わねーぞ。頭良さげな言い回し」

「うっさいなぁ。あたしだってたまにはカッコつけたくなんの！」

ヘビに唆されてリンゴを、ねぇ。確か聖書だっけか？　アダムとイヴが、善悪の知識の実を食べて、楽園を追放される——

——善悪の知識、か。

「今更常識に目覚めたのかよ。あと一〇年早けりゃ、オレも苦労せずに済んだのによ」

「——ホントにね」

適当に叩いた軽口に、思いのほか重みのある相槌が返ってきて、オレは面食らった。

暁月はうずくまるように膝を抱えると、それに顔を寝かせるようにして、オレを見る。

「ねえ、川波。新しい彼女、作ってよ」

「……は？」

頭がついていかず、オレはただ瞬きを繰り返した。

晩月は感情を削ぎ落としたような薄い笑みを浮かべて、

「なんか、あたし、区切りが見つかんなくってさ。仲良くやってくにせよ、絶交するにせよ、今のまんま、宙ぶらりんのまんまズルズルやってってたらさ、きっと取り返しのつかないことになるよ。だから、ちゃんとした彼女、作ってよ」

「……そんなもん、お前が彼氏作れば済む話だろうが」

「あんたが邪魔したんじゃん。伊理戸くんにプロポーズまでしたのにさぁ」

「あー……」

そういやあったな、そんなこと。

「完全にフリーの奴を選べっつー話だよ！　この際、男でも女でもいい！」

「無理かなー。結女ちゃん以上に好きな子は見つかんなそう」

「……だったら、無理に作るもんじゃねーだろ、恋人なんて」

区切りなんて、見つからなくてもいいじゃねーか。

宙ぶらりんで何が悪いんだよ。

確かに、いろんな問題を放置したままだ。オレの体質は治ってねーし、親父たちには過去の関係のこと話してねーし、こいつは面白がってオレを煽るし。

だけど、それでいいじゃねーか。別に死ぬわけじゃない。ゲームみたいに、発生したクエストを全部解決しながら生きてく奴なんていない。解決してみたところで、金も経験値ももらえはしねーんだ。

解決してもしなくてもいい。

問題なんて棚上げでいい。区切りなんて見つけなくていい。オレは今のままで充分だ。

取り返しがつかなくなるなんて言ったって、取り返したいものがオレには思い浮かばない。

——ダメなのかよ、それじゃあ。

「——ダメなんだよ、それじゃあ」

暁月ははっきりと言った。

このままではダメだ、と。

今のオレたちではダメだ、と。

「あたしがまともな彼女だったら、あんたはそんな体質にならなかった。それはあたしが作っちゃった負の遺産なんだよ。これからあんたのことを好きになる人に、あたしが作ったそれを押しつけることになっちゃう。そんなの……無理。あんたと何事もなかったように接することもできないし、相手の子と笑顔で話すこともできない。それでも、このままでいいって言うわけ？」

——オレがこの体質でいる限り、誰かを泣かせ続けることになる。

考えすぎとは言い切れない。オレはそこまで鈍感じゃない。オレを好きになってくれる奴は、たぶんこれから先も、何人かは現れる。

そのすべてを、オレは拒絶する。

暁月がつけた、この傷のせいで。

「あんたはいいのかもしんないよ。折り合いをつけてさ、それはそれで人生を楽しむ方法を見つけてさ、それでいいのかもしんない。でも、あんたを好きになった子はどうなんの？　あたしがやったことのせいで理不尽にフラれてさ。なのに原因のあたしがさ、幼馴染みとしてのうのうとあんたの傍にいる――そんなの納得できるわけないじゃん」

「……そう、かもな」

正しいかもしれない。暁月の言うことは。

オレは、自分のことしか考えていなかったかもしれない。

善悪の知識が――なかったかもしれない。

「――決めた」

ぽつりと呟くと、暁月は不意に、オレの腹の上に跨ってきた。

「お、おい？」

「あんたがいいんならそれでいいかなって思ってたけど、わかった。あたしがやんなきゃいけないこと」

オレの肩を押さえつけて、つぶらな瞳に真剣な輝きを宿して――暁月は言う。

「こーくん——あたし、まだ、こーくんのこと普通に好きだよ」

「んぐっ……⁉」

一瞬で脳裏に忌まわしい記憶がフラッシュバックした。もう受け入れたつもりで、傷となって刻まれたそれは、どうしようもなく精神に痛みを呼ぶ。ぞわぞわとした寒気が全身を撫で、過敏に反応した身体が総毛だった。

好意に反応する——恋愛感情アレルギー。

「それ、治してあげる」

オレの反応を見ると、何事もなかったかのように、暁月は言った。

「その上で彼女なんかいらないって言うならそれでいい。でも、あたしが作ったその体質だけは、絶対にあたしが治す。他の誰にも、押しつけない」

不快感にぐらつく視界の中で、暁月は笑っていた。

吹っ切れたような。

覚悟を決めたような。

腹の据わった、不敵な笑み。

「ねえ、こーくん？」

その声音は甘いのに、なぜか刃を連想した。

「——暴露療法って知ってる？」

本気のあたしを見せてやる

星辺遠導◆うってつけの言い訳

肩が壊れたのは、高校に入ってすぐの頃だった。

何でもないレイアップ。

何千何万と繰り返した変哲のないシュート。

ドリブルから瞬時にシュート体勢に切り替え、足を踏み切り、浮遊したかのようにゴールに手を伸ばし——

痛みと共に、すべてが反転した。

ゴールリングは遥か遠く。手を伸ばすことすらできず、微動だにしないネットを見上げることしかできない。そんな自分の状況に、何秒かは気付けなかった。肩の激痛に悶え、床を這いずっているという事実に、頭が追いつかなかった。

遠い。ゴールが遠い。

以前はあんなにも簡単に届いたゴールが、今はどこまでも、どこまでも。

治療には夏までかかった。当然、大会には出られない。元々、それほど強くはなかった洛楼（らくろう）のバスケ部は、あっさりと二回戦で敗れた。

ベンチでそれを見ていることしかできなかったおれに、先輩たちは言ったものだ。

——お前には、来年も再来年もある

それは事実だ。適切な励ましだ。ろくに練習も参加できなかった一年坊に、先輩たちは温かな言葉をくれた。

だが。

——遠い。

あまりにも、遠い。

ゴールが。リングが。ネットが。

何もかも——遠い。

そのまま夏休みに入り、新体制での練習が始まったらしいが、おれはもう、体育館に行くことさえできなかった。

治ったと言われた肩が、じくじくと痛む。

腕を持ち上げようとすると、あの日の激痛が脳裏に蘇（よみがえ）る。

体育館に足を向けても、すぐに止まった。

何日、何年歩いても、慣れ親しんだあの場所には、もう辿り着けないような気がした。

毎日通った体育館が、今は途方もなく遠い、異世界のように思えていた。

……無理をして、肩がさらに悪化したらどうする？

日常生活にさえ支障が出たら、一生を棒に振ることになるかもしれない。そんなリスクを負ってまで、今、バスケをする必要はあるのか？

考えてみろ。どうせ、本気でやるのは中学までのつもりだった。

だから、バスケが強い高校ではなく、学力に見合った高校を選んだのだ。

ああ、そうさ。これはいい機会、区切りってヤツだ。

むしろ、中途半端に続けてからじゃなく、一年生のうちにこの区切りが来てくれたことを、おれは歓迎するべきなんだ。やりたいことなら、バスケの他にもたくさんある。

無断欠席が一週間にもなった頃には、完璧な理論武装が済んでしまっていた。

挫折を。

区切りと言い換え。

自分に、遅れを取り戻そうとするような根性がないことを誤魔化して。

おれは退部した。

――生徒会に誘われたのは、その直後のことだった。

伊理戸結女◆朝からする話にしてはカロリーが高い

見慣れない木目の天井を見上げて数秒、ようやく、そういえば旅行に来てるんだ、と思い出した。

「……ん、……んん……」

ゆっくりと身を起こし、まだコンタクトを入れていない、少しぼやけた視界で部屋を見回しながら、ぼんやりした頭がはっきりしてくるのを待った。

「おはよう、結女くん」

凜とした声に振り向くと、窓際の広縁に置かれた椅子に、紅会長が座っていた。

まだ浴衣姿ではあるけれど、髪のセットもすっかり終わり、寝癖一つない状態だった。

モーニングルーティーンというやつなのか、窓から射し込む朝の陽射しを浴びながら、紅茶をゆっくりと味わっている。貴族みたいな仕草なのに、会長がやると様になっていた。

「おはよう……ございます……」

「一番乗りだね。いつもこのくらいに起きるのかい？」

「ええと……」

部屋の時計を見ると、午前七時くらいだった。

「そうですね……。いつもこのくらいです」

「規則正しくていいことだね。君も飲むかい？　紅茶」

「あ……はい。それじゃあ」

私は布団から抜け出すと、まだ寝ている他のみんなの間を縫うようにして、会長のいる広縁に移動した。道中、手櫛で乱れた髪を軽く直す。

会長の正面に座った頃には、湯気の立つカップが私の前に用意されていた。

「ありがとうございます」

口をつけると、お茶の熱が頭の中を巡り、脳の回路が開いていく感じがした。

ほうと息をついて、いったんカップを置くと、私は正面の会長に尋ねる。

「会長は、いつくらいから起きてらっしゃったんですか？」

「ん？　五時くらいかな。久しぶりにぐっすり眠れたよ」

五時って。

確か、みんなで床についたのが〇時の少し前だったような……。五時間睡眠ってこと？

その割に眠そうな様子はまったくない。本当にショートスリーパーなんだ……。

それに比べて――私は部屋の惨状を改めて見回した。

「……あられもない有様ですね……」

苦笑を禁じ得なかった。何にって、みんなの寝相にだ。

さすがに明日葉院さんは大人しく布団の中ですやすやしているけど（可愛い）、他の三人は結構すごい。

暁月さんは布団から身体がはみ出てるし、東頭さんは浴衣が乱れておっぱいがまろび出そうになってるし、亜霜先輩なんか、掛け布団を抱き枕みたいに抱き締めて、パンツが丸出しになっている。

「男子にはとても見せられない……」

「別部屋にして正解だったろう？」

「はい」

しかも、寝相が悪いあの三人、みんなノーブラだし。暁月さんと亜霜先輩は、まあ、スレンダーだからわかるけど、東頭さんは……寝返りがしづらくなったりしないの？　本人曰く、普段はお母さんに言われて渋々着けてるけど、本当は寝るときは着けたくないらしい。気持ちはわかるけどね。

「結女くんは、今日はどうする予定かな？」

出し抜けに来た質問に、私は「えっと」と迷って、

「今日は確か……みんなでハーバーランド、でしたよね」

「うん。グループ分けは決めてないけどね」

会長は意味深に笑った。

「誰か一緒に回りたい人はいないのかなって思ってね」

「えっ……」

や、やっぱりこの人、わかってる……？

水斗……と、回りたいのは山々だけど、あいつは東頭さんの面倒も見ないとだし……。

それに、昨日の、足湯の……。

あーもう！　ちょっと手を触っただけなのに！　なんでこんな、いけないことをしたような気持ちにならないといけないの!?　そのせいで昨夜、思わず逃げちゃったし！　その直前に、温泉でセンシティブな話をしちゃったせいだ……！

「……そういう会長はどうなんですか？」

私は誤魔化すのを兼ねて話題を逸らした。

「羽場先輩と、二人で回りたいんじゃないですか？」

「ん？　あー……」

……おっと？

会長が、珍しく歯切れが悪そうにしている。これは何かあったな！

「この際、腹を割って話しませんか？　協力できることもあるかもしれませんし」

「……恥を晒すようで癪だなあ」

「私だって恥ずかしいんですからおあいこです！」

そういうわけで、言い出しっぺの私が先攻になった。

昨日の足湯で、何だかちょっと、いやらしい風に水斗の手を触ってしまったことを話す。

「……それだけかい？」

どうしてか、会長のリアクションは薄かった。

きょとんと小首を傾げる会長に、私は謎に慌てて言い募る。

「た、ただ触っただけじゃないんですよ？　なんというか、こう、指の間とかをなぞって、誘うみたいに、と言いますか……！」

「……ふっ」

「小馬鹿にしました!?　今、小馬鹿にしましたよね!?」

「いや、失敬……何とも可愛らしいな、と思ってね……」

な、何？　この余裕……というか、上から目線……まさか、羽場先輩と何かあったの!?

「実は昨夜ね――」

優越感を隠しもせずに、紅会長は、昨夜、羽場先輩とあったことを話し出した。

罰ゲームでバニーガール姿にされた後、そのまま羽場先輩に会いに行って――羽場先輩をその気にさせたけど、何もせずに戻ってきた、という話を。

「ふふ。手を触ったくらいで騒いでいる結女くんには、刺激が強すぎたかな……」

「……あの、会長？」

「なんだい？」

「それって……勝負を決められそうなところで、会長が日和ったっていう話ですよね？」

「…………………」

「ビビったんですよね？　普段、あんなに積極的なくせに、いざとなったら怖くなったんですよね？　開校以来の天才と謳われる生徒会長が、あろうことかビビって逃げたってことですよね？」

「……うっ、うるさいなあ！　場所を弁えたんだよ、ぼくは！　キミだってあんな、いつ誰が来るともしれない自販機の脇で処女を散らしたくはないだろうが！」

「そんなところで誘惑したのは会長じゃないですか！」

「天下の往来で誘惑しているキミには言われたくないね！」

うぐうっ！　痛いところを……！

私は少し息を落ち着ける。……そういえば、と思いついたことがあった。会長って、事あるごとに羽場先輩を誘惑しているみたいだけど……。

私はみんなが起きていないのを確認してから、声を潜めて質問した。

「会長……少し気になったんですけど……」

「……なんだい？」

「会長って、いつも羽場先輩を誘惑してますけど……その、いざ本当にそうなったときの、準備というか……お守りというか……そういうの、用意してるんですか？」

「…………………」

　会長は黙り込んだ。

　これは……。

「用意してないんですね……？」

「そ、……そんなものを女子が携帯するなんて、はしたないじゃないか……」

「いや、覚悟がないだけですよね？　羽場先輩はどうせ手を出してこないってたかを括ってるだけですよね？」

「正論を言うなあ！　後輩のくせに！」

　この手の話になると途端に弱くなるものだから、ついついからかい過ぎてしまう。けど、この件に関しては、ちょっとちゃんと言っておくべきかもしれない。

「真面目に、用意したほうがいいんじゃないですか……？　羽場先輩もその気になることがあるってわかったんなら……」

「よ、用意って……どこに？」

「それは……私もよく知りませんけど、お財布の中とか……？」

「い、いや、でも、そういうのは男のほうが用意するものだと……」

「いつも会長が急に迫ってるのに、いつ用意する余裕があるんですか！」

「ぐうう……！」

会長は苦しそうに唸りながら、顔を赤くした。躊躇う気持ちはわかるけど、生徒会長が在学中に妊娠とか、本気で洒落にならない。

「わ、わかった……。用意しておこう。……いずれ」

「いずれって」

「いずれはいずれだ！」

会長が強めに叫んだ瞬間、「んぅ……」という可愛らしい呻き声が聞こえた。

私たちがびくりと振り返ると、明日葉院さんが布団の中でもぞもぞと動いて、こっち側に身体を向けたところだった。

起きている。

ぼんやりと薄目を開けて、私たちを見ている。

……今の話、聞かれてない……わよね？

「……おはよ、ごじゃいまふ……」

ぼやっとした声は、明らかに寝起き。

けど、私は念には念を入れて、恐る恐る言う。

「お、おはよう、明日葉院さん……。今の話、聞いてた？」

「ふぁい？　なんですか……？」

「きょ、今日の予定を確認していたところでね！　どこか行きたいところはないかと思って！」

会長の上手い誤魔化しに、明日葉院さんはくしくしと目元を擦り、

「ふぁ……はい。わたしは、特に希望は……」

私は素早く、会長と目配せを交わした。

これは……セーフ！

「そう！　それならいいの！」

「他のみんなにも聞くとしよう！　一緒に起こしてくれたまえ！」

「あ、はい」

ふう……。危なかった。真面目で男嫌いで、会長を崇拝している明日葉院さんが今の話を聞いてたら、一体どうなっていたことか。

朝っぱらからする話じゃなかったなあ。冷静に考えると。でも言わなきゃいけないことではあったし……。

………私も用意したほうがいいのかな？

い、いや……水斗が考えなしに襲ってくるとは思えないし……。そもそも、私は会長ほど直接的なアプローチはしないし！　……それ以前に、逃げずにまともに話せるようにならないといけないし……。

などと考えながら、あられもない姿の東頭さんや暁月さんを起こし、ついでに着衣を直

していく。どうやったら寝てるだけでこんなに帯が緩むの……？

そうして、六人全員が起き、身支度を整えながら、今日の予定を確認しているときだった。

亜霜先輩が、意を決した顔で言ったのだ。

「みんなに、お願いがあるんだけど」

川波小暮◆開幕宣言

——あんたはいいのかもしんないよ

——でも、あんたを好きになった子はどうなんの？

——あたし、まだ、こーくんのこと普通に好きだよ

どこまでが本気だったんだ。

どこからが本気だったんだ。

またオレをからかって遊んでいたのか。それとも本当の本音なのか。あいつのやることなすこと、虚々実々としていて、もうオレには、何が何だかわからない。

オレのことが、まだ好きだって？

そりゃあ、多少はそうだろうよ。だって一方的にフッたのはオレのほうだ。オレがこん

な体質になっちまったから、気を遣ってそういう気配を出さないようにしてくれてたっつーのは、オレにだってわかってる。数ヶ月やそこらで頭を完全に切り替えられるほど器用な奴(やつ)じゃないってのは、オレが一番わかってる。

オレだって……そうだ。

うんざりした。勘弁してほしかった。それも事実で、本当のことで。

でも、好きだったのも、本当のことだった。

たぶん、あいつがあんなバケモンじゃなかったら、今でも普通に付き合ってた。親父(おやじ)たちにも説明してただろうし、学校でだってイチャついてたんだろう。そう断言できるくらいには、あいつのことが好きだった。

なら。

あいつの性格が、多少は改善した今だったら……。

……それは、無駄な想定だった。無意味な想像だった。

なぜなら、オレの身体は、恋愛ができなくなっているから。

どうしようもなく——人の好意を、受け入れられなくなっているから。

——それ、治してあげる

オレはどうなるんだろう。

この体質が本当に治ったら——オレはそのとき、どうするんだろう？

「おはよ」

目を覚ました瞬間に飛び込んできた光景に、オレは硬直した。

んなっ……なんで⁉

オレは昨日、男子部屋で寝たはず……！　なんでこいつがいる⁉

眠気が吹っ飛んで固まったオレの顔に、暁月はゆっくりと手を伸ばしてくる。

そして、まるで猫にそうするように頬を撫でると、くすりと愛おしげに笑うのだ。

「あんたってさ……寝顔は結構、可愛いよね？」

ぞわっ！　――と、悪寒が走った。

布団の中で、身体がぶるぶると震える。その手つき。その表情。人が小鳥にそうするような、弱いものを、守るべきものを慈しむような、鳥籠の外から見つめるような――

不意に、暁月がオレに覆い被さった。

人のそれとは思えない、人形のような軽い重み。でありながら、人であることを示す温かさや柔らかさも併せ持つ。ドキドキという動悸には、興奮と恐怖が入り混じっていた。

オレは刻みつけられているのだ、こいつに。女の心地良さも、女の恐ろしさも、ぐちゃぐちゃにないまぜに一緒くたに。

甘く、冷たく、声が囁く。

「（みんな見てるよ。が・ま・ん♥）」

ここでようやく、オレは周囲の様子に目を向けた。

同室の星辺さんや羽場先輩が、好奇の目をオレたちに向けていた。唯一、伊理戸だけは興味なさそうに欠伸をしていたが、そうだ、何も知らないみんなが、見ているのだ。

オレは悪寒を堪える。身体の震えを抑える。嫌な記憶や想像を頭の奥に押し込んでいく。

こんな情けねー体質は……他の誰にも、見せられない。

「（よくできました。えらいえらい♥）」

甘ったるい声で囁くと、暁月はようやく、オレから身を離した。

そう言うと、暁月は浴衣の裾を翻し、てけてけと部屋を出ていった。

「早く起きて着替えなよー。みんな待たせちゃうんだからさ！」

それを見送った星辺さんが、部屋の入口を見たまま、ぽつりと言う。

「お前ら……やっぱ付き合ってたのか」

「……やっぱって、なんすか……」

オレはしばし、布団から起き上がれなかった。暁月の体重や体温、その残滓が、刻まれたかのように、まだオレの身体に残っていた。

――暴露療法って知ってる？

知らないわけがない。オレだって、この体質を治す方法を考えたことくらいはある。トラウマの原因にあえて触れることで克服していく方法――

まさか、それをやるつもりか？

今日から？　今日中？

付き合ってた頃みたいなことを――ずっとやるつもりかよ⁉

亜霜愛沙◆装備には適性がある

「お願い！　センパイとデートするときの服選んで！」

と、お願いしてから数時間後、あたしたちは神戸ハーバーランドのショッピングモールにいた。

同じ建物内でそれとなく男女に分かれ、向かうはファッションでアパレルなエリア。そう、この後あたしはお昼頃から、センパイと二人きりで遊ぶ約束をすでに取り付けているのだ！　このボス戦に当たり、万全の装備を準備するのは当然のことである。

デート服くらい事前に買え。

と、言う向きもあるだろう。というか実際に言われた。ランランに、「なんで事前に買っておかなかったんですか？」とド正論を、ド直球に。あたしの答えはこうだ。

あたしに正論が通じるか！

見ろ！　このあたしの私服を！　ひらひら！　ふりふり！　子供服一歩手前の地雷系！　こういうのが好きなのだ！　こういうのしか選べないのだ！　私服とコスプレの区別があまりついていないのだ！　でも勝負デートに着ていく服でないことだけはわかるのだ！

今まで、センパイと遊びに出かけたことがないわけではない。

そのときは普通に、自分好みの服を着ていった。センパイはそのたびにちょっと嫌そうな顔をしたけど、むしろそれが楽しいまであった。

けど、今日は違う。

なぜならば、今日――あたしは、センパイに告白するのだから。

だから！　恥を忍んで！　助けを乞おうと言うのだ!!

「なぜ微妙に尊大なのかは気になるが、まあ、一応は友人の、一世一代の大舞台だ。協力するのに吝かではないよ」と、すずりんは言った。「以前から、キミのファッションセンスはどうにかしなければと思っていたしね」

「文句あるか！　可愛いだろうが！　地雷系！」

「だったらそれでデートに行け」

ぐうう……。みんなすぐに正論を言う。これだから生徒会とかいうお堅い組織は。

「まあまあ、ちょうどいいじゃないですか！　ただウインドウをショッピングするよりは、目的があったほうが！」

　と言ってくれたのは、生徒会ではないあっきーだった。

「あたしも、『この先輩、めっちゃモデル体型なのになんでこんな子供っぽい服着てんだろうなー』って思ってたんで、渡りに船ってやつです！」

「あっきーも普通にディスってない？」

　言っておくけど、世の中の地雷系愛好家を丸ごと敵に回してるからね、君たち。

「亜霜先輩、背が高くて細いから、カッコいい服も似合いそうですよね」

「デート服となると、また違うのかもしれませんよ、伊理戸さん」

　ゆめちとランランの後輩二人だけが真面目に話してくれる。もう一人の後輩、いさなちゃんは、なぜか辺りをスマホで撮影していた。見るからにインドア派なのに、意外と見られる格好をしているから不思議だ。ファッションってどこで習うの？　義務教育？

「まずは方針を立てるべきだね」と、すずりんが言う。「星辺先輩と一緒に歩く服を選ぶんだから、そちらとの取り合わせも重要だ。今日の星辺先輩は――」

「ジャケットにジーンズで、色は寒色系でしたねー」と、あっきー。「無難だけど、あれだけ背が高いと何着ても映えちゃいますよね。ずっこいなぁ」

「ホントそれね！」

　ウチのセンパイ高身長だからなあ！　１８７センチだからなあ！　何着てもカッコよく

なっちゃうんだよなあ！

「愛沙。彼女面にはまだ早い」

「せめて告白してからにしましょうね、先輩」

「……すいませんでした」

テンションが変な方向に振り切れている。どうやら人生最大のターニングポイントとなる日を迎えて、冷静ではいられないらしい。

すずりんたちは続いて、いろんな意見を交わしていく。

「星辺先輩のほうが落ち着いた色合いだから、明るめのトーンでいいんじゃないかな」

「いいですねえーっ！　もう冬だし、そんなにはっちゃけた色にはできませんけどっ！」

「パンツにします？　スカートにします？」

「デート服といえばスカートのイメージですが」

「せっかくいい脚持ってるんだから見せなきゃ損でしょー！」

「そうだね。とりあえずパッドは取るとして――」

「ちょっ、待って！　取ったらブラのサイズが……！」

「「この機会に買え」」

「一応、勝負下着つけてきたのにぃ……」

ゴチャゴチャ言いながら、目についたお店にゴー。

そしてあちこちからアイテムを掻き集め、全部持って試着室にイン。

「ほれ、着たぞー。どう〜？」

カーテンを開けたあたしを見て、「おお〜……」と、何とも言えない声が重なった。

とりあえず叩き台、と押しつけられたのは、首回りが空き気味のブラウスに、膝上丈のプリーツスカート。全体的に制服コーデっぽくしたらしい。

結果、

「これは……」

「なんというか……」

「……ギャル、ですね」

「うん、ギャルだ」

ギャルだった。

あとは首や手首にアクセサリーをぶら下げ、セーターを腰巻きにすれば完璧。

ランランが「ぷくっ」と小さく吹き出した。

「似合ってますね。誂えたように。……ぷくく……！」

「おうコラ何ツボに入ってんだ！　由緒正しきオタクであるこのあたしが、事もあろうに尻軽ギャルっぽいってかあ⁉」

「どっちかというとオタクに優しいギャルっぽいですよー！　本物のギャルはツーサイド

アップにしないし。どう、東頭さん？　オタク代表として！」

「え？」

あっきーに急に話を振られたいさなちゃんが、試着室の中のあたしを見て、なぜかスマホのレンズを向けて、

「そうですね……。休み時間に寝たフリをしてるところに、馴れ馴れしく話しかけてきてほしいですね……」

「ほらっ、大好評ですよ先輩！」

ぐぐ……あたしもオタクだから、言わんとすることはわかる！

「んー……でもなあ……」

「何か気に食わないのかい？」

「なんていうか、あたしの本気度が伝わるコーデにしたいんだよね。『今日はなんか違うな』って思わせたいの。でもあたし、普段からほら、ぐいぐい行くタイプだからさあ……」

「もっとギャップが欲しいってことですか？」

「そう！　それ！」

古今東西、ギャップは人の心の隙を突く！　普段のあたしを伏線とするのだ！　これでオチない男はいない！　あの唐変木の権化みたいなセンパイでも、たぶん！

「こういうコーデが効くのは、普段もっと真面目で大人しい子じゃない？　例えば――」

瞬間、視線が一ヶ所に集まった。

「えっ？」「うぇっ？」

清楚の生き見本・ゆめちと、地味女子代表・いさなちゃんが、戸惑って鼻白む。

「……ほう」

「……なるほど？」

すずりんとあっきーの目が好奇心に輝いた。

ふふふ……さあやってまいりました。脱線のコーナーっ!!


伊理戸水斗◆オタクは大体ギャルに偏見を持っている（偏見）

「こんにちは～！　この辺の人ですかぁ～？」

「違うんで。すんません」

キンキンと甲高い声で話しかけてきた女性を、星辺先輩は軽く手で制していなした。

このショッピングモールに入り、女子組と別れてから、これで二組目の逆ナンだった。

逆ナンなんて、実在することすら今日初めて知ったのに、一日で二回もお目に掛かることになろうとは、驚嘆するばかりだ。

やっぱり目につくんだろうな。女性からすると、星辺先輩の長身は。その証拠に、逆ナンをいなす星辺先輩の態度は、実に堂に入ったものだった。

「すんません、先輩。任せっきりで……」

いつもは一番うるさく、そして一番遊んでそうな見た目の川波小暮は、どういうわけか女性が寄ってくるたび星辺先輩の背後に隠れていた。心なしか顔色も悪い気がする。

「あー？　いいって。こういうときくらい年長ぶらせてくれや。っつーか意外だな、川波。お前、女に話しかけられるのが苦手なのか？」

「いや、まあ、普通に話しかけられる分には大丈夫なんすけどね……」

恋愛はするものではなく見るもの、と公言するこいつのことだ。自分が言い寄られるなど面倒でしかない、といったところか。

こんなことなら女子組と別れないほうが良かったかもしれない。向こうは六人の大所帯だから、なかなか話しかけられることはないだろうが……。

「こ……こんにちは～……」

「キミかわうぃ～ね～！　どこ住み？　ＬＩＮＥやってる～？」

背後から話しかけられ、僕は溜め息をつきかけた。

おいおい。今のさっきで。一体どうなってるんだ神戸の治安は。

どこのアホが日本の治安を乱しているのか、と背後に振り返ると——

「あ、あは……あはは……ど、どうも～……」

「水斗君だし！　びっくりだし！　ＬＩＮＥやってる？」

どこのアホかと思いきや、知っているアホだった。

見た目に精神がついてきてないアホと、ナンパの引き出しが『ＬＩＮＥやってる？』しかないアホだった。

二人とも、胸元は開き、スカートは短く、普段の大人しさはどこにもない。ただ、おどおどした態度と勘違いしたはしゃぎ方だけに、どうしようもなく本性が表れていた。

形だけギャルを真似た陰キャが二人。

伊理戸結女と東頭いさな。

「何やってるんだ、君たちは……」

「うっ、ううっ……！　怖いものなのよ、女子の悪ノリっていうのは……！」

「意外と悪くないですし！　コスプレみたいでし！　テンション上がりますし！」

一人、ギャルの語尾が『し』だと思ってる奴がいるな。

アホどもの後ろに目を向けると、けらけらと大爆笑している女子の集団が見えた。なんとなく状況はわかった。

「……で？　どうやったら終わるんだ？　君たちの罰ゲームは」

「べ、別に罰ゲームじゃないけど……」

「水斗君が鼻の下を伸ばしたら即終わります！　とうっ！」

攻撃でもするような掛け声と共に、いさなが僕の腕にしがみついてきた。

むにゅりと柔らかく、そして深い感触に腕全体が包まれて、いさなが僕の肩に顎を乗せるようにしながら「にしし」と笑う。

「ギャルは距離感が近いものです。おっぱいが当たろうがお構いなしです」

「大偏見を撒き散らすな」

そもそも、普段と大して違わないだろ、君の場合。

「結女さんも遠慮せずどうぞー」

「えっ!?　私も!?」

「ギャルになりきるのです！　今だけ恥知らずになるのです！」

いや、おいちょっと待て。それはマズいだろ――！

「――わ、……わかっ、た……！」

制止する暇もなかった。

結女は覚悟を決めた顔をすると、躊躇いがちにいさなとは反対側の僕の腕を取り――え
いやっ、とばかりに勢いをつけて、身体全体でしがみついた。

瞬間、上腕全体を覆った、いさなほど深くはないが、充分に柔らかく、充分な弾力を持
つ感触に、僕の脳内でパチパチと火花が弾けた。

結女は息のかかるような距離から、何かを乞うように僕の目を見つめて、言う。

「……どう？」

どう……と、言われて、も。

「と、とりあえず……は、恥ずかしい」

天下の往来でやることではない。通行人に見られている気がして落ち着かない。でも、そのおかげで、頭がどうにかなりそうなのを抑えられている。

僕の言いたいことがわかってくれたのか、結女も急速に顔を赤らめて、

「そっ……そうね！　ごめん……！」

すぐにパッと離れてくれた。

安堵(あんど)すると共に、結女の体温がなくなった右腕が、少しだけ寂しくなった。

一方、左腕にしがみつきっぱなしのいさなが「いひひ」と笑い、

「どうやらわたしのギャル力のほうが高かったようですね。ギャルは周囲の目を気にするような常識も羞恥心も持ち合わせてませんからね！」

「君もさっさと離れろ。あと、それ以上偏見を撒き散らすな」

「あうっ」

解放された右手で押しやると、いさなはあっさりと引っぺがすことができた。大半のギャルは、君よりも常識を弁(わきま)えているだろうよ。

はあ、と息をついて、頭の中に湧いた熱を逃がす。

ったく……男子側が大人しい代わりに、女子側がはっちゃけすぎだ、この集団は。

僕はちらりと、普段のお堅い服装とは180度変わった結女を見やる。

――僕らは明日、同じ家に帰るんだぞ？

今ここでは耐えられても……明日はどうなるかわからないだろうが、馬鹿が。


東頭いさな◆乗るしかない、このビッグウェーブに

「むむ～ん……」

何だか、ヘンな感じがします。

わたしはうどんをずるずると啜りながら、テーブルの空気を探りました。

隣の水斗君が粛々と焼きそばを口を運んでいるのはいつも通りですが、いつもよりほんの少し、正面に目を向ける頻度が少ない気がします。その正面、水斗君が目を向けない場所にいるのは、何を隠そう結女さんで、こっちもこっちで水斗君にはほとんど話しかけず、隣の南さんとばかり話していました。

今日のお二人は、何だか少し距離があるような気がします。

この席に座るときだって、一応わたしも気を遣って、水斗君の隣を空けておこうとしたのに、結女さんは見向きもせずに正面に座ってしまいました。

まあ、隣より正面のほうが良かったのかもしれませんけど、わたしのうろ覚えの記憶に

よると、足湯のときは無理やりスペースを作ってまで水斗君を隣に座らせていたような気がするんですよね。

水斗君だって、せっかく結女さんとの旅行なのに、全然アプローチをかける気配がありませんし。わたしの面倒を見てくれるのは嬉しいですけど、別にわたし、四六時中見られてないといけないほど子供じゃありませんしねえ。

それに比べて、あの先輩の積極性には尊敬します。

つい先ほど、皆さんに選んでもらったデート服に身を包み、待ち合わせに赴いていきました。その決意に溢れた後ろ姿は、まさに戦士のそれでした。あれが告白を決意した乙女の背中か、と感心したものです。

……って、なんだか他人事みたいに言ってますけど、そういえばわたしも、水斗君に告白したんでしたっけ。あのときのわたしも、あんな風に見えてたんですかね？

まあ、水斗君と結女さんの場合は、よりを戻すという形になるわけですから、どうしたって、単純にはできないんでしょうけど。しかも、同じ屋根の下で暮らしているわけですからね――わたしみたいに友達に戻るっていうのも、そうそうできないのかもしれません。

わたしだって、もし告白を断られたのではなく、付き合ってから何かあって別れる、という形だったら――うーん、さすがに気まずいですね。

というか、よく義理のきょうだいなんてやれてましたね、二人とも。

わたしだったら、部屋に引き籠もって出てこなくなるか、性欲に火が点いて爛れた生活になるかのどっちかですよ、絶対。

そんなことを考えているうちにランチが終わり、全員でフードコートを出ます。

「暁月さん、午後はどこ行く？」

「あ、ごめん。午後はあたし、別行動なんだー」

「え？」

するといきなり、予想外の展開がありました。

南さんが素早くチャラ男さん（川波何某のことです）の腕を引き、堂々宣言したのです。

「それでは、あたしたちもこれからデートさせていただきますので！　また夕方頃にー！」

「はあ!?　いやっ、おい！」

戸惑うチャラ男さんを引っ張って、南さんは雑踏に消えていきます。

わたしも結女さんも、ほあーと口を開けてそれを見送るばかりでした。

「幼馴染みと聞いたときから、もしやとは思っていましたが……」

「い、いつの間に……」

南さんといい感じになってる癖に、恋愛ＲＯＭ専とか嘯いてやがったんですね。やっぱり許しがたいです。チャラ男死すべし。

「……どういうつもりなんだか」

唯一、水斗君だけは、どこか訝しげな顔をしていました。

一〇人中四人もがデートで離脱とは。生徒会主催の割に、風紀を乱しまくっている旅行です。こうなっては、むしろデートしてないほうがおかしいというくらい――

「む」

閃きました。

この流れに乗じればいいのです。

「水斗君」

「ん？」

わたしは水斗君の服の裾を引っ張って言います。

「わたしたちもデートしましょう！」

「……は？」

「結女さんと三人で！」

「「……はあ？」」

星辺遠導◆本気の装い

待ち合わせ場所に指定された、クソでけぇキリンのオブジェの前で、そいつはそわそわと前髪をいじりながら待っていた。

ついさっきまでとはまったく異なる様相に、おれは一瞬、戸惑った。

ゆったりとしたニットセーターに、膝上丈のタイトスカート——肌寒いからか、脚にはタイツを穿いている。いつもの子供っぽいファッションとは打って変わって、大人っぽい落ち着きがあった。

女子連中と回ってる間に買ったのを、そのまま着てきたのか。たぶん、あの地雷系ファッションを紅辺りに咎められて、買わされたってところだろうが——

「……よお」

軽く手を挙げながら声をかけると、亜霜はハンドバッグを膝の前に提げて、

「せんぴゃっ——」

わかりやすく噛んだ。

一瞬固まった後、「ちょ、ちょっとお待ちください」と言って、おれに背中を向ける。

「すぅー……はぁー……」

肩が何度も大きく上下する。

それから、再びおれに向き直ると、悪戯な笑みを浮かべて言い直した。

「センパイっ！　遅いですよ？　女の子を待たせるなんて減点ですね！」

よく今の流れでそのノリ継続できるな。おれはかえって感心した。

「たまたまどっちが入口に近かったかの問題だろ。お互いに同じショッピングモールにいたんだからよ」

「おっ、言い訳しましたね？　減点1ですね」

「っつーかなんでお前が採点してんだ。おれからも採点してやろうか？」

「望むところです。してもらおうじゃないですか。今日の愛沙は何点ですか、センパイ？」

自信満々の顔で、亜霜はバッグを持った手を背中側に回した。

ああ、なるほど……。褒めてほしいわけね、今日の服装を。

馬子にも衣装……ってのじゃ、ちょっとありきたりだな。それじゃあ――

「地雷にも探知機だな」

「どういう誉め言葉ですかっ!!」

綺麗に除去されて良かったなっつー誉め言葉だ。この服装なら、誰もこいつを承認欲求モンスターだとは思うまい。

亜霜はわざとらしく唇を尖らせ（仕草の地雷は除去できてねぇな）、コツっと一歩、おれに近付く。

「気付きませんか？　このコーデにはコンセプトがあるんですけどー……」

「ああ？　おれが知るわけねぇだろが――」

……いや？

言ってから気付く。なんとなく既視感のようなものがある。なんだ？　雑誌か何かで見たのか。ブラウンのニットセーターに、青っぽいタイトスカート――

あ。

おれの今日のシャツとジーンズの色と同じだ。

「ふふっ、気付きました？」

にやりと笑って、亜霜はおれの隣に並んでくる。

「おそろっちですね、センパイ？」

「……新手の嫌がらせかよ」

「失礼ですねー。これでも一応、ジャケットの色と合わせるのはやめてあげたんですよ？　あまりにわざとらしいとセンパイ嫌がるかなーって」

「あー、なるほどな。ジャケットの前を閉めてシャツを隠しちまえばいいのか」

「秘密のおそろっちですね、センパイ？」

「どうあっても逃がす気はねぇんだな！」

亜霜はくすくすと肩を揺らした。

ったく、このためだけに服を新調してきたのかよ。学生の身にゃあ安くはなかっただろうに――

――本気ですよ

どうしてか。

昨日聞いた、こいつの真剣な声が、脳裏に蘇った。

「センパイ」

冗談とも言いきれない、真剣とも信じきれない声で、亜霜が言う。

「あなたに会うためだけに、普段の拘りを捨てて、頑張っておめかししてきた女の子が傍にいるんですよ？　……誉め言葉、足りないんじゃないですか？」

……ちくしょう。

身銭を切ってる奴を、邪険にはできねぇじゃねぇかよ。

「似合ってるぜ。普段からそうしとけ」

「…………っ!!」

亜霜は急に、口元を両手で覆った。

「どうした？」

「いえ……」

目が泳ぎ、顔を背け、表情を隠し。

「思ったより……嬉しくて」

声色には、喜びこそ滲んではいても、からかいの気配は少しもなかった。

——本気ですよ

昨日の声がもう一度、脳裏を通り過ぎていった。

川波小暮◆治療開始

「──おい！　おいって！」

ぐいぐいとオレの腕を引っ張っていく暁月は、伊理戸たちが見えなくなってようやく、こっちのほうを振り返った。

「ん？　何？」

「何じゃねーよ！　なんだデートって⁉　聞いてねーぞ！」

「言ってないもん」

にひ、と暁月はわざとらしく笑い、

「あれ？　嫌いだったっけ？　サプライズ」

「こういうのはサプライズじゃなくて横暴っつーんだよ」

ったく、この間に東頭が伊理戸に手ぇ出してたらどうすんだよ。今日の伊理戸きょうだいはなんとなくよそよそしい気がするしよ……。

「まあまあ、そんなにカリカリしなさんな。きっかけを作ってあげたんだから」

「はあ？　きっかけ？」

「亜霜先輩たちに続いてあたしたちまでデートってなったら、他のみんなも流れに乗りやすいでしょー？」

「…………！」

まさか、そのためにわざわざデートだなんて言いやがったのか……？

暁月はぎゅっとオレの腕を抱き締めて、

「ま、あんたとデートしたかったのも本当だけどね」

「……ちょっ――」

「って言ったらどうする？」

浮き立ちかけた蕁麻疹（じんましん）が、暁月のムカつく笑顔で一気に引いていった。

って言ったら、って……いや、どっちだよ⁉

「大丈夫大丈夫。そんなに心配しなくても、徐々に慣らしていくつもりだからさっ」

「徐々に慣らす、だぁ……？」

例の、暴露療法とかいうやつか……？

暁月はオレの疑問には答えず、意味深な笑みだけを湛（たた）えている。

「それじゃ、どこ行こっか？　せっかくだし、久しぶりのデートを楽しもうよ、川波」

幼馴染みとしての『こーくん』ではなく、距離を取った『川波』という呼び方に、オレは少しだけ安堵（あんど）した。

だが、その安堵は、オレの心の奥底にわだかまる、大きな不安の裏返しだということは、誰に言われるまでもなく明白だった。

伊理戸結女◆不明な怯(おび)え

「あっ！　見てください水斗君！　アレですよ、アレ！」
「アレ？」
「アレですよ！　海原を遠く見つめるときに足を乗せる出っ張りです！」
「……アレは足を乗せる出っ張りじゃない。船のもやいを引っかける出っ張りだ」
「え!?　初めて知りました……」

岸壁に等間隔に並んでいる出っ張りに足を乗せて遊ぶ東頭さんと、彼女がうっかり海に落ちないように傍で見張っている水斗とを、私は背後から見守っていた。

ど……どうしよう。話しかけられない……。

せっかく東頭さんが機会を作ってくれたのに……。さっきだって、三人でモールの中の書店に入っていろいろ話していたのに、結局、東頭さんとしか喋(しゃべ)れなかった……。

我ながら意識しすぎだ！　ただちょっといやらしい感じで手を触ったくらいで！　中学の頃なんて、初体験を済ます気満々で部屋に入ったことすらあったのに！

これじゃあ小学生以下の幼稚園児だ……。恋愛的幼児退行だ……。

なんでこんなに意識しちゃうんだろう。一緒に住んでるから？　やろうと思えばいくらでも機会がある環境だから？　あるいはこの前、お風呂で水斗の裸を見ちゃったから？

……わからない。心当たりがありすぎる。

好きだっていうなら、また付き合いたいっていうなら、あのくらいのアプローチ、むしろ控えめなくらいなのに——会長なんて、バニー服で押し倒してるのに。……いや、あの人のアプローチは普通ではないと思うけど。

亜霜先輩が羨ましい……。星辺先輩にどれだけぞんざいに扱われてもめげない、あの心。

怖いって、思わないのかな。

私は怖かった。水斗と付き合い出す前。夏休みに会っていた頃。自分の些細な言動で、伊理戸くんに嫌われちゃうんじゃないかって、いつも怯えてた。

今も、そう。怯えてる。怖がってる。……でも、それは嫌われちゃうかもって怖さじゃない。嫌われてるなんて、そんなのはとっくに大前提だ。

なのに、何が怖いのかな。

今の私に、何が足りないのかな——

「結女さん、結女さん」

物思いに耽っていた私に、東頭さんが話しかけてきた。

東頭さんは、海風に乱れる髪を片手で押さえながら、もう片方の手でどこかを指差す。

「あれ、乗りませんか？」

「え？」

東頭さんの指の先には、大きな観覧車があった。


紅鈴理(すずり)◆生徒会長が一番風紀を乱している

ど……どうしよう。話しかけられない……。

結女くんたちまでもがデートに繰り出してしまった結果、昨日の異人館街のときと同じパーティ――ぼく、蘭(らん)くん、そしてジョー――で散策を続けることとなった。

つまり、絶好の機会だ。

昨夜の、ぼくの惨憺(さんたん)たる無様な逃亡を言い訳する、これ以上ない機会だった。

「ふわ……すごいですね、会長！　わたし、本物の豪華客船を見たの初めてです！」

蘭くんがちっちゃな身体(からだ)で、聳(そび)え立つように停泊しているクルーズ船を見上げる。

せっかく海の近くに来たのだから見て回るのも一興だろうと、港をぐるりと回ってきたわけだが……蘭くんはこういった港に来たのが初めてらしく、物珍しげにあちこちを見ては、感慨深げにぼくに話しかけてくるのだった。

先輩として、後輩に慕われるのは嬉しいことだが、引き替えにジョーに話しかける隙がなくなってしまった。ジョーはすっかりいつも通り、背景に徹してしまっている。道行く人々には、ぼくと蘭くんの女子高生二人組にしか見えないだろう。

異人館街のときのように、一瞬話すことくらいならできるのだろうが……残念ながら、今回は一瞬で済む話ではない。

いつ話を切り出せばいいんだ……！　というか、どう言い訳すればいいんだ……！　考えれば考えるほどドツボに嵌まり、逆にぼくのほうからジョーを避けているみたいになりつつあった。

「それにしても……さっきから思ってたんですが……」

蘭くんがきょろきょろと辺りを見回しながら言った。

「この辺りを歩いていると、何だか鴨川を思い出しますね。どうしてカップルというのは水のあるところが好きなんでしょうか」

確かにカップルらしき男女をちらほらと見かける。ハーバーランドは神戸の定番スポットの一つなのだから当然の話だろう。しかし、カップル以外にも家族連れやぼくたちのような学生も見かけるので、言うほどカップルばかりというわけではない。

「カップルに限らず、人間が水辺を好むのさ。四大文明だって川の周りに栄えただろう？」

「……わたしが取り立ててカップルばかり目についてしまうのでしょうか。だとしたら、昨夜見たもののせいですね……」

「昨夜見たもの？」

「伊理戸水斗ですよ」

と、蘭くんは吐き捨てるように言った。

「昨夜、旅館で伊理戸水斗が、東頭さんとイチャついていたんです。顔をぺたぺたと触ったり、胸を押しつけるみたいに抱き合ったり……あ、あんな、公共の場所で……！」

おっと？　確かにあの二人、付き合っているとしか思えないくらい仲がいいが――ん？　だったら結女くんは？　ジョーの見立てでは三角関係ではないという話だが……。

「それは羨ましい話だね。周りのことが見えないくらいアツアツというわけか」

「何を言ってるんですか、会長！　自分たちの部屋の中ならともかく、誰でも入れるラウンジでですよ！　そんな誰が来るともわからない場所で発情するなんて、理性ある人間のすることとは思えません！」

「…………………」

そうダネ。

誰が来るともわからない場所で、バニースーツで誘惑したり、男子を押し倒したりするなんて、理性ある人間のすることじゃないネ。

「わたしは悔しいです！　なんであんな人が学年二位なんでしょう！　澄ました顔をして、

心の中はケダモノなんですよ、きっと！　異性を辱めて喜ぶ変態なんです！」

すみません。

異性に興奮した箇所を言わせて喜ぶ変態ですみません。

「成績優秀者には生徒の代表として、もっと節度と良識のある行動を心がけてほしいです！　会長のように！」

「………マッタクダネ」

心がけます。節度と良識。


星辺遠導◆伏線は気付かれなければ意味がない

亜霜が調べておいたというレストランは、テラス席から海が見える洒落た場所だった。

「実際に来てみるとまた違いますねー！」

「おう。高校生二人で来るにゃあ、ちょっと気後れしちまうくらいだな」

「ネットで見たんですけど、夜はもっと綺麗ですよ。君の瞳に乾杯って感じで！」

「それ、おれのほうの台詞だろ」

「じゃあ言ってみてくださいよぉ」

「きしょいわ」

「だから面白いんじゃないですか！」

運ばれてきたランチに手を付けながら、どうでもいい話に花を咲かせる。

「よく言うじゃないですか。プロポーズは夜景の見えるレストランでー、みたいな」

「ああ。お前もそのタイプだろ？」

「愛沙にどういう偏見持ってるんですか！」

「その歳になってまだ少女漫画に憧れてそうだと思ってる」

「女子に対する最大限の侮辱ですよ、それは！　……まあ、憧れないと言えば嘘になりますが」

「だろ？　瞳に乾杯されたいタイプだろ、お前は。ほらよ、乾杯」

「ちょっ、グラスを目に近付けないでください！　物理の乾杯は要りません！　物理の！」

「で？　プロポーズがなんだって？」

「実際に夜景の見える――夜じゃないですけど――レストランに来てみた感想なんですけど……こんな人の多いところでプロポーズされるの、普通に恥ずかしいですね」

「そりゃ個室でも何でもねぇからな」

「やっぱり家の中ですよ、家の中！　同棲三年目くらいで、リビングで二人でだらーっとしてるときに、『そろそろ結婚するかー』『ん、わかったー』みたいなの、憧れません!?」

「まあ、わからんでもねぇがな……」

「なんですか？　奥歯に物が挟まったような言い方して」

「お前は結局、サプライズを求めるんじゃねぇかって気がすんだよな」

「サプライズ⁉　愛沙が事もあろうにフラッシュモブを求めてるって言うんですか⁉　なんて無礼な！」

「無礼はおめぇだよ。フラッシュモブ業者に謝れ」

「……でも、センパイ？」

「あ？　何ニヤニヤしてんだ」

「今、愛沙にプロポーズする体で話してませんでした？　愛沙は別に、『こういうプロポーズ憧れますよねー』って話をしただけで、将来、愛沙にプロポーズするときの予定を訊いたわけじゃないんですけどー？」

「だったら他の女にプロポーズする体で話せば良かったのかよ」

「それは怒ります！」

「だと思ったからだよ」

我ながら慣れたもんだ。こいつのダル絡みに、もはや脊髄反射で付き合えるんだからな。

脊髄反射だからこそ……他の女のことなんて、一瞬だって想定しなかったんだろう。

「……でもまあ、夜景はやっぱりいいですよね」

晴天の下の神戸港を眺めながら、亜霜はしみじみと言った。

「人目のあるところは恥ずかしいですけど……二人っきりなら、やっぱり、夜景が綺麗なところがいいですね」

「……いいって、何がだ？」

「さあ、なんでしょう？」

含みを持たせて、亜霜は笑う。

着々と伏線が敷かれているのを感じながら、それでもおれは、何も気付かないままでいた。

川波小暮◆飽くまで医療行為

「もうちょっと寄ってー！」

暁月はオレの身体を強引に寄せると、パシャっとスマホを鳴らした。

「いいね！　映えるね！　やっぱ赤煉瓦しか勝たん！」

オレたちは、ハーバーランド南部にある煉瓦倉庫に来ていた。赤煉瓦で組まれた倉庫を、洒落たカフェとかに改装した区画だ。

年季の入った赤煉瓦の前で撮った写真を、暁月は嬉しそうにオレに見せて、

「ほら！　コナンの表紙みたい！」

まあ確かに。異人館街で着てたホームズのコスプレだったら完璧だったな。

「……お前、映えって言ってるけどよ。誰かに見せる予定でもあんのか、その写真？」

写真の中では、オレと暁月が完全に恋人同士の距離感で画角に収まっている。こんなもん他人に見せたら勉強合宿のときの二の舞だぜ。

「別にいーじゃん。あたしが見返すだけだよ」

「見返すぅ？」

「このとき楽しかったなーって。だめ？」

ことりと小首を傾げる暁月。そういう、ちょっと子供っぽい仕草が自分に似合うってことを、完全にわかっていやがった。ああ、わざとらしいね。そんな作りもんでオレが動揺すると思ったら大間違いだ。

「……ダメじゃねーけどよ。メシの写真も撮らないタイプのくせに、いつの間に宗旨替えしたんだろうなって思ってよ」

「ご飯の写真なんてどうでもいいけど、川波の写真はいくらでも欲しいもん」

「……うぐっ」

ぞわぞわと腕を蕁麻疹が覆っていく感覚。

いくらでも欲しいって。お互い、顔なんて毎日飽きるほど見てるのに、今更、写真の一枚や二枚……。

言葉を口に出せないオレに、暁月はにひっと笑みを向ける。

「我慢我慢。ほら、あたしはなーんにもしないよ？」

両手を顔の前でひらひらと振る。痴漢してないアピールみたいに。

何もしてない……。そうだ、こいつはオレに指一本触れてない。メシを食わせもしてないし、身体を洗うことも、トイレに一緒に入ってきたりもしていない。……そう、大丈夫だ。何も、怯えるようなことはない……。

しばらく呼吸を意識すると、蕁麻疹は収まっていく。

「いいねー。経過良好ってやつ？」

体調を持ち直したオレを見て、暁月は満足げに肯いた。

「……本当にこんなんで治すつもりかよ……」

「あたしが怖くなくなったら、他の子なんて余裕でしょ？　あたし以上のメンヘラこの世にいないし」

「威張るなっつの」

「へへへ」

ああ、確かに、いざやってみれば、意外と耐えられる。

女子の好意を徹底的に避けていたときよりも、この体質が怖くなくなってきたような気はする……。

「これは飽くまで医療行為なんだからねっ！」

蕁麻疹の収まった腕に、暁月は抱きつくようにして自分の腕を絡ませる。

「あんたを治すために仕方なくやってあげてるんだから！　勘違いしないでよねっ！」

「似合わねーぞツンデレ。吐き気一つしねーわ」

「ふふふ。そう言ってられるのも今のうちだ」

暁月はぴょこっと背伸びをすると、耳に息を吹きかけるように囁いた。

「（今日は立っていられなくなるくらいラブってあげるから、覚悟しておいてね？）」

背筋が震える。

それが不安から来るものなのか、別の何かなのか、オレにはもうわからなかった――

「――ふーっ♥」

「どぉわっ!?」

「あはは！　ぞわってした？　ぞわってした？」

これは確実に別の何かだった。本当に息を吹きかける奴があるか！

伊理戸水斗◆臭いものには蓋をする

四人乗りのゴンドラに、僕、いさな、結女の順番で入っていく。

僕がシートに腰掛けた後、いさなが対面のシートのど真ん中にお尻を下ろした。

「えっ？　ちょっ……東頭さん？」

これだと、結女はいさなの隣には座れない。

戸惑って立ち尽くした結女に、いさなはにやりと笑いつつ、

「結女さんはそちらへどうぞー」

……なんだその『してやったり』の顔は……。

結女は僕といさなを見て逡巡したが、その間にゴンドラの扉が閉まり、動き出してしまった。

「……おい。立ったままだと危ないぞ」

仕方なく僕が言うと、結女も「そ、そうね……」と答えて、僕の隣に座った。

窓の外の風景が、ゆっくりと空へと近付いていく。

視界がビル群の先まで広がり、神戸港が眼下に一望できるようになる。ちょうど白いクルーズ船が海を横切っていくところだった。

……そんな光景を目の前にしながら、僕の意識は窓の反対側に奪われていた。

結女と隣同士に座る、というこの状況は、どうしても、昨日の足湯でのことを思い出してしまう。

思い返せば、ほんの些細な出来事だった。少し手を触っただけ。指を触っただけ。キス

をしたわけでも、お尻や胸を触ったわけでもないのに、どうしてこんなに、あの記憶に意識を奪われてしまうのか。

付き合っていた頃は、手を繋ぐなんて当たり前のことだった。腕を絡めるのも、抱き合うのも、キスすることだって、当たり前に存在する日常だった。

それでも——そう。

昨日ほど、欲望が剝き出しになったことは、なかった気がする。

付き合っていた頃の触れ合いは、いわば心の触れ合いだった。互いの心の扉を開放して、許し合い、触れ合う行為だったような気がする。

でも……昨日のあれは。

欲望——あるいは本能。心の奥底に隠れている、獣性とでも言えるもの。

本来は、他人には決して、見せてはいけないもの。

その存在を認識した。僕にも、結女にも存在することを知ってしまった。そして——

僕は結女の、結女は僕の、理性の裏にある汚いそれを、許してしまった。

行為としてはただ手を触っただけ。けれど、許してしまったという実績が、心の中の堰をひどくぐらつかせる。

ああ、いいんだ——と。

我慢することを……諦めてしまいそうになる。

それが、たぶん、僕は、……怖いんだ。

「ひえ〜！　たか〜！」

いさなは何も知らず、窓の外を見てはしゃいでいる。

「夜になるとすっごい綺麗に見えそうですね、ここ！　来るのが早すぎましたかね〜」

「……夜の観覧車なんて、告白するときくらいにしか乗らないだろ」

まったくもって危険だ。夜景だけが光源の、真っ暗な密室なんて――触れずにいられる自信がない。

「おお、なるほど〜。じゃあもしかして、あの先輩は、ここで告白するつもりなんですかね？」

「ん？　あの先輩って？」

「……あれ？　これって言って良かったんですっけ、結女さん」

結女は苦笑いして、

「別にいいんじゃない？　亜霜先輩や星辺先輩と合流する頃には終わってるんだろうし」

亜霜先輩と星辺先輩……ああ、あの二人が。どっちが告白するのかは、なんとなく想像がつくな。

「旅行中に告白か。失敗して気まずいことにならなきゃいいけどな」

「大丈夫ですよ〜。すっごい仲良さそうですし、現時点で付き合ってるようにしか見えないんですから。フラれるわけなくないですか？」

「…………………」

「…………………」

僕と結女の間に、気まずい沈黙が流れた。

いさなはきょとんとして僕たちの顔を見て、「あっ」と口を開ける。

「そういえば、わたしがそのパターンでフラれたんでした」

ころころと笑ういさな。当人が自分で言って自分で笑うんじゃあ、こっちとしては気の遣い甲斐がない。

結女は困ったように笑って、

「みんながみんな、東頭さんみたいにあっけらかんとできたらいいけどね……」

「まあわたしは水斗君の身体目当てだったんで」

「おい」

確かに付き合ってようが付き合ってまいが、変わるのはエロいことがアリになるかどうかくらいだっただろうけどさ。

「でも、ただ一緒に遊んだりしたいだけなら友達でもいいじゃないですか。付き合うっていうのは、多かれ少なかれ、エロいことがしたいから付き合うんじゃないんですか？」

「それは、まあ……」

そうかもしれないけど、と結女は口の中で呟いた。

——そう、かもしれない。

僕が心を決めていながら、今のところ、告白するつもりが少しもないのは、自分の下心を否定したいからなのかもしれない——心の下の本能を、結女に向けてしまうことを、無意識に拒絶しているのかもしれない。

仮に結女が許してくれたとしても、僕自身が、そんな僕を見たくない。

きっと青臭い自意識でしかないんだろう。取るに足らないプライドでしかないんだろう。

それでも自分が、そんな欲望でしか気持ちを表現できない存在だと思いたくない。

もっと美しい方法はないのかと、ありもしないものを探している——

「人によりけりだろ、付き合う理由なんて」

——ありもしない。そうだとわかってはいても。

「いさなは意外とロジカル思考だから、そういう結論にしかならないんだろうけどさ。理屈じゃない部分で、恋人関係に何らかの価値を感じている人間もいる。……それとも君も、異性を身体でしか見れないタイプか？　澄ました顔して頭の中はエロまみれか？」

「うえっ？」

結女は驚いて、ぱちくりと目を瞬いた。

きっと、自分に話しかけられるとは思ってなかったんだろう。だって、心の堰はぐらついたままだ。いつ破れるかわかったものじゃない。

　だからこそ。

　まともに取り合ってはいけないのだ。意識しすぎれば取り込まれる。臭いものには蓋をするしかない。その蓋の名前を理性と呼ぶ。僕は僕であるために、理性をもって見なかったフリをしよう。

「そっ……そんなわけないでしょ？　そんな貧相な身体して！」

「僕は異性の身体と言っただけで、僕の身体だとは言ってないが」

「うぐっ……！」

「やめてください！　異性どころか同性も身体でしか見れないタイプもいるんですよ！」

「君はもうちょっと人間性を見ろ」

　今はやり過ごすことしかできない。

　そうすることでしか、僕たちは僕たちを保てない。

羽場丈児（じょうじ）◆据え膳食わぬと性格が拗（こじ）れる

　俺の特技——いや、習性は人間観察だ。
背景に溶け込むと、周りの人間の様子がよく見える。何せそのくらいしかやることがない。気付かれることも話しかけられることもないんだから。いつしか俺は、表情、仕草、声色、様々な情報から、他人の人となりをプロファイリングすることが当たり前になっていた。

だからわかる。

紅さんに避けられている。

理由は明白だった。昨夜のことだ。バニー姿の紅さんに押し倒されて、甘い声で囁かれて、思わず――

……しょうがないじゃないか。俺だって普通の男なんだ。あんな状況で反応しないほうがおかしい。むしろあそこまで堪えただけ大したものだ。

けど。

お尻に異物の存在を感じた紅さんは、一目散に逃げ出してしまった。自分から誘惑しておいて――と思わないでもないが、たぶん紅さんとしては、無害な動物でも愛でているような感覚だったんだろうな。それが突然、牙を見せてきたものだから、当然の反応として警戒した。

単純に……女子としては、気色悪かっただろうし。

……このまま、紅さんが俺から離れていくのなら、それはそれでいいのだろう。元より、俺に構っているのがおかしいような人なんだ。あるべき形に戻るだけに過ぎない。

けど……せめて、謝りたかった。

俺も人として、そのくらいのケジメはつけるべきだと思った。

いつものように、彼女の世界から存在を消してしまうとしても、そのくらいは――

今日はずっとその機会を窺っていた。

そして、ついにそのときがやってきた。

「すみません。おトイレに……」

港の傍にある海洋博物館に入って、しばらくした頃のことだった。明日葉院さんがそう言って、一人離れていったのだ。

その場には、俺と紅さんだけが残される。

絶好の機会だった。

「ジョー――」

紅さんが振り返った瞬間、俺は頭を下げた。

「すみませんでした」

「……え？」

博物館の中だ。ボリュームを抑えた俺の謝罪に、紅さんは当惑した声を漏らした。

「昨夜は、気色の悪いものを押しつけてしまって、申し訳ありませんでした。紅さんが望むなら生徒会も辞めますから――」

「ちょっ、ちょっと待て！」

大きな声を出してから、紅さんは慌てて周りを見回して、すぐに声を落とす。

「（ゆ、昨夜のことは、ぼくが始めたことだろう!?　なぜキミが謝る！）」

「（……あのことが気色悪くて、今日、俺を避けていたのでは？）」

「（ちっ、違うっ！　きょ、今日はその……）」

ごにょごにょと言葉を濁した後、紅さんは俺の頭を無理やり持ち上げた。

「（とにかく！　昨夜のことはキミのせいではない！　気色悪くなど思っていない！　むしろ愛しているくらいだ！）」

「（え？）」

「（……いや、すまん。今のは口が滑った。……とにかく生徒会を辞める必要はない！）」

「（だったら……どうして、逃げ出したんですか？）」

「（そっ、それは……）」

紅さんの白磁の肌に赤みが差し、翠玉色の瞳が助けを求めるように泳いだ。

あちこちに視線を彷徨わせた後、ちらっと僕の顔を見上げて、

「（急に、実感が湧いたというか……コレがアレなのかと思ったら、びっくりして……怖くなって……）」

……びっくり？

怖く？

あの……紅さんが？

「(散々誘惑しておいてなんだと思うだろうな！)」

紅さんは、今度は開き直ったように言う。

「(だが仕方がないだろう！　こちとら正真正銘の生娘なんだ！　所詮耳年増に過ぎないんだよ！　本物を前にしたら多少は気後れするに決まってるだろうが！)」

「(情けないことをそんなに偉そうに……)」

「(ええいうるさい！　キミがさっさと据え膳を食わないからこんなことになってるんだろうが！)」

それは……確かに、そうかもしれない。

はあ……、と紅さんは深い溜め息をつく。

「(言い訳をしようと思っていたのに、全部台無しだよ)」

「(なんか……すみません)」

「(いいさ。覚悟は決まった)」

決意をこめた瞳で、紅さんは俺の顔を見上げた。

まるでそこから光を放ち、俺を照らすかのように。

「(次は驚かない。怖がらない。準備もする)」

「(……準備とは？)」

「(こちらの話だ。キミはただわかっておけばいい。次にぼくの前で勃起したら、そのときが童貞喪失の瞬間だとな！)」

ぼっ……って。この人はまた、臆面もなく下品なことを……。下品な話をしてるんだから、多少はしょうがないが。

ともあれこれで一件落着か——と思っていると、

「(……ちなみに)」

ただでさえ抑えている声をさらに潜めて、紅さんが言った。

「(あの後は……その、どうにかなったのか？)」

「(……はい？　どうにか、とは？)」

「(だって、ほら……男子はあの状態になると、処理をしないと元に戻らないと……)」

……………………。

「(紅さん。その参考資料は捨ててください)」

「(なっ!?　なぜ資料の情報だとわかった!?)」

「(間違っているからです)」

誰かこの人にまともな性教育をしてあげてほしい。俺には自信がない。

亜霜愛沙◆当たり前の日常に、当たり前の恋をした

最初は敵愾心だった。

上から目線の忠告にムカついて。だったら本気を見せてやるって逆ギレして。価値なんかないって言った視線を、センパイ自身から引き出してやる。そう思ってちょっかいをかけ出した。

それが好意に変わったのはいつだろう。

たぶん、きっと、わかんないけど。……きっかけは、ほんの些細な、日常の一幕。

——おい！

生徒会室で仕事をしているときだった。棚の中を漁って、資料を探しているときだった。急にセンパイが大きな声を出して、え？　と振り返った。

がたん、という音。

それは頭上から。

見上げたときには、棚の上にあった段ボールが、ぐらりと傾いていた。あたしは反応できなくて。見ていることしかできなくて。

だから、駆け寄ってきたセンパイが、両手を伸ばして箱を支えてくれるまで、呆けていることしかできなかった。

あ、と小さく呻く。

それからようやく、口にすべきことを思い出した。

――ありがとう、ございます……

――いや……気を付けろ
ああ、うん、ベタだよね。

でも待って。あたしはこんな程度のことでときめいたわけじゃない。少し庇ってもらった程度で恋に落ちるなら、あたしの初恋はもっと早かった。

あたしの目に、心に焼きついたのは。

はあ、と溜め息をついたその後の、センパイの顔。

何の表情だったのかは、今になってもわからない。

安堵なのか、驚愕なのか、戸惑いなのか、迷いなのか――

ただ……弱かった。

その顔は、とてもとても、弱々しかった。

――そんな顔、するんだ。

いつも飄々とした、無敵の生徒会長が。あたしのどんなモーションも冷静に受け流す、鉄面皮のセンパイが。

そのときだけ――あたしと同じ、弱っちい人間に見えたんだ。

……ずるい。ずるいですよ、センパイ。

そんなの、忘れられるわけないじゃないですか。女の子はギャップに弱いんですよ？

あたしが、あたしを、あなたの目に焼きつけようとしてたのに——

——あなたが、あなたを、あたしの目に焼きつけて、どうするんですか。

気付けば、それが当たり前になっていた。あのときの表情を心のどこかで求めながら、あたしはセンパイの顔ばかり見るようになっていた。

それがもう、あたしの日常になってしまった。

——そう。特別なことは何もいらない。

生徒会室でもいい。喫茶店でもいい。スマホゲームの話をして。面白い動画を紹介して。意味もなく駄弁る。価値もなく過ごす。肩を寄せ合うだけの取るに足りない時間が、あたしにとっては一番大事。

だからあたしは今日も、特別なことはしない。

ちょっと張り切った服装。初めて遊ぶ場所。そんなのはただのスパイスで、あたしたちはただ、いつも通りの、今まで通りのあたしたちであればいい——それをこれからも続けるために、センパイ、あたしはあなたの、一番大切な女の子になりたいんですから。

楽しい一日にしましょう。

いつも通り、今まで通り、何でもないけど楽しい一日にしましょう。

だから、その最後に、少しだけ。

本気のあたしに、付き合ってくれますか？

「センパイ」

時間は過ぎていった。

いつしか、夕焼けが空を染めていた。

「最後に……観覧車、乗りませんか？」

南暁月◆自業自得

「うわ。もうこんな時間かあ」

頭上を見上げると、青かった空が赤く染まりつつあった。

スマホの時計を見ると、午後四時をちょっと過ぎたところ。十一月も後半となると、日が落ちるのが早くて困る。まるで小学生みたいな時間に、帰ることを考えないといけなくなる。

そうだ——あの頃は、このくらいの時間に、家に帰ろうって言っていた。

どうせ隣同士なんだから、帰っても一緒に遊べるだろって、こーくんは妹にするみたいにあたしの手を引いた。

ああ——なんて言うんだっけ、こういうの。漫画か何かで読んだなあ。

「なんだっけ、川波？」

「…………………」

川波は答えなかった。目を向けてみると、青い顔をして、唇を引き結んでいた。

……二人でベンチに座って、肩に頭をもたせかけてみただけなのに。

こんな程度のことでさえ……許されないんだ。

胸がちくちくと痛む。悲しいのかな？　それとも、川波が可哀想？　そろそろやめたほうがいいかもしれない。ううん、中途半端に手心を加えたら治療にならない。でもダメだよ。これ以上こーくんのこと傷つけたくない。甘ったれるな。あたしが付けた傷なんだ。あたしが面倒を見なくてどうするんだ。

自業自得。

今度はするりと言葉が見つかった。そう、こういうのを、自業自得というんだ。

中学のときのことは、全部あたしが悪い。こーくんは、病院であたしに当たったときのことを気に病んでたけど、それだってあたしの自業自得だ。人を人形みたいに、玩具みたいに、手前勝手に遊んでいたあたしには、あの程度の罵倒では足りないくらい。

救えないのは、あのときみたいにしたいと思ってるあたしが、まだあたしの中に生きていることだ。

　今もムラムラと欲望が燃えている。具合の悪いこーくんを寝かせてあげて、服を脱がせ、全身を隅々まで拭き、おかゆを作ってふーふーと冷まし、食べさせた後は寝入るまで何度でもおやすみのチューをしたいと思ってる。これはどうしようもない、あたしの性癖ってやつなんだろう。

　あたしはたぶん、もう恋人なんて作らないほうがいい。

　相手がダメになるか自分がダメになるか、もしくはその両方か――末路が容易に想像できる。だから、こーくんが新しい彼女を作るっていうなら、それでいいと思ってる。

　けど、せめて、幼馴染みではいさせてほしかった。

　幼馴染みとしてのあたしとの思い出を、こーくんも大切にしてくれているから。だから
せめて、幼馴染みではいさせてほしかった。

　これが最後でいい。

　手を繋ぐのも、肩に頭を乗せるのも、腕を絡めて歩くのも、今日が最後でいい。

　いつか誰かに、この場所を譲るために――立つ鳥跡を濁さず、ただの幼馴染みに戻るために。

　負の遺産は、清算する。

「………光陰、矢の如し、だ」

　呻くような声がして、あたしはこーくんの顔を見上げた。

「矢のように過ぎる時間を、無駄にすんじゃねーぞって……そういう意味だったと、思う」

「……大丈夫なの？」

「ああ……おかげさまで、ちょっと……慣れてきたかな」

顔色は青いままだけど、こーくんは強がるように唇を曲げた。

「そっか」

よかった——とまでは、口にできない。

そこに宿る安堵に、きっと、必要以上の好意が滲(にじ)んでしまうから。

「あんたって、意外と博識だよね。アホのくせに」

「アホじゃねーよ。洛楼、入れてる時点で……。伊理戸とかと、一緒にすんな」

「矢のように過ぎる時間を、無駄にするな……か」

耳が痛いなあ、と夕焼け空を仰ぐ。

無駄にはしない。絶対に、無駄にはしない。

こんなにこーくんを苦しませてるのに……そんなの、絶対、絶対、ありえない。

星辺遠導◆壊れていたのは

暇ならやれ。

生徒会への誘い文句は、まあざっくり意訳すりゃあそんな感じだった。

完全に成り行きだ。

バスケをやめて、やることがなくなったところに、ちょうど良く『これをやれ』って言ってくれる人が現れた。新しい自分が見つかんねぇところに、都合良くそれを与えてもらえる機会がやってきた。だから簡単に飛びついた。それだけのことだった。

まさか、生徒会長にまでなっちまうとは思わなかったがな――できそうなことをやっていたら、いつの間にかそうなっていた。大義も打算も特にない。まさに成り行きだ。

ただ――そう。

バスケをやめた代わりが生徒会長だってんなら、それは結構、釣り合いが取れている。先輩たちがかけてくれた言葉にも、少しは顔向けができる。

そんな考えが、頭の端に、……いつも、過(よ)ぎっていた気はする。

だって、そうだ、リハビリをサボったせいで、未(いま)だに左の肩は上がらないんだぜ？　だったらもう仕方がねぇだろ。自分にできることを見つけてやるしかない。何もせずにいないだけ、まだまだマシなもんじゃねぇか、なぁ――？

……ああ、それで良かったんだ。

そんなぐだぐだの言い訳があれば、おれはそれで良かったんだ。

なのに、あのとき。

——おい！

亜霜が驚いて振り返った。それどころじゃない。見えてねぇのか。てめぇの頭上にある箱が、ぐらりと傾いて落ちてこようとしてるのが！

咄嗟だった。両手を伸ばした。亜霜の頭に落ちようとした箱を、おれはギリギリのところで支えた。

亜霜は頭上を見上げ、あ、と口を開けて、

——ありがとう、ございます……

——いや……気を付けろ

最初の数秒は安堵で気付かなかった。

それから、ぞわぞわと悪寒のようなものが背筋を走っていることに気付いた。

さらに、それから。

自分が、両腕を、肩の上まで——何の痛みもなく持ち上げていることに、気が付いた。

——ああ。

もう、とっくに、治ってたんだ。

治ってないのは、おれのほう。

自分にさえ本気で向き合えない、おれのほうだったんだ。

亜霜愛沙◆シンデレラのように高望みはしない

しばらく列に並んだ後に、二人っきりで、丸いゴンドラの中に入る。

列に並んでいる間に、空はもうほとんど暗くなっていた。扉が閉まり、ぐらんとかすかに揺れながら、ゴンドラは夜の帳を目指してゆっくりと持ち上がっていく。

「お前、高いところは平気なんだっけか？」

向かい側のシートに座ったセンパイが言う。

「全然平気ですよ。東京行ったとき、スカイツリーの床が透けてるとこに立ちました」

「マジかよ。おれはさすがにそこまでは得意じゃねぇな……」

「普段から高いところにいるようなものじゃないですか」

「自分の身長は計算に入れねぇんだよ、普通」

くすくすとあたしは笑う。いつもみたいに。だからきっと、全身に満ちた緊張のことは悟られずに済んだ。

最後はここにしようと決めていた。

神戸の夜景は、ちょっと演出過多かなとも思ったけど、ベタなところが逆にいい。ちょっとしたジョークのように、あたしの気持ちを形にできると思った。

ああ、けど——計算通りには行かない。こんなに緊張するなんて思わなかった。上手く口にできるか自信がない。何度も何度も練ったはずの台詞が、離れつつある地上に全部落ちていきそうだ。

センパイ。

あたしたち、最初は仲悪かったですよね。いえ、それ以前の問題か。ろくに話すことすらなかったんですから。たぶんお互いに、大して興味がなかったんですよね。

センパイ。

そんな関係だったのに、よくも偉そうに忠告なんかしてくれましたよね。そういうの指示厨って言うんですよ？　お節介もいいことばかりじゃないって学んでくれましたよね。だってそのせいで、あたしが付きまとうようになっちゃったんですから。

センパイ。

意外とオタクだったのには驚きました。でも、内心ちょっと嬉しかったんです。好きなことを共有できるのが、打算抜きで。はい、チョロいですよね。あたかもギャルに優しくされた陰キャのごとしです。だけど、わかってくださいよ。苦手だと思ってた人に共通点を見つけると、普通よりもずっと、親近感が湧いちゃうものでしょう？

センパイ。

センパイ。

センパイ――

ゴンドラが空に近付いていく。クルーズ船が走る海。地平線まで続くビル群。宝石をちりばめたような、きらきらと輝く神戸の夜景が、どこどこまでも広がっていく。

こんなに綺麗な夜景なら、あたしも綺麗にしてくれるかな。

今、このときだけの魔法でいい。シンデレラのように高望みはしない。たった五分。いや、三分。いやいや、今、この一瞬だけでも構わないから、あたしを世界で一番の美少女にしてほしい。

あたしの、本気の気持ちを、伝えるために。

「センパイ――」

台詞は全部、地上に置いてきた。

ゴンドラが夜空に一番近付いたとき、言葉は自然と湧いて出た。

「――一生、あたしのことを見ててください」

本気だからこそ、何の衒いもなく。

願いが、欲望が、言葉になる。

「あたしはもう一生、センパイのことしか見れません」

夜景の輝きが、センパイの瞳を万華鏡のように煌めかせた。

「好きです。——あたしの、彼氏になってください」

決定的な言葉を口にしたとき、ぐらり、とゴンドラが軽く揺れた。
けれど、あたしも、センパイも、身動ぎどころか、声を発することもなかった。
星々の光が、夜景の美しさが、狭く暗いゴンドラの中を、ステージのように飾り立てる。
沈黙を照らす、あたしたちだけが知る、スポットライト。
世界に二人だけが舞台に立つ。

「……ふう」

しばらく固まっていたセンパイは、詰めていた息を吐き、シートに深く座り直した。
そして、あたしの顔を見つめる。
飄々ともしていない。ダルそうにもしていない。学校で昼寝なんかしそうにもない、真剣な表情で。

「亜霜、おれは——」

そしてセンパイは、答えを告げた。

伊理戸結女◆答え

日が落ちた空は、冬の到来を告げていた。

私は自分の肩を軽くさする。いつの間にか、上着が欲しい季節になっていた。日中は薄手の服でも平気だったけど、夜になると秋服では少しつらい。当然、東頭さんともども女子の悪ノリで着させられたギャルコーデなんて肌寒すぎて、もうとっくに、元の服に着替え直していた。

「愛沙、遅いな……」

スマホを見ながら、会長が呟く。

集合時間はＬＩＮＥで共有してあった。午後４時半に、キリンのオブジェ前。生徒会らしく、時間通りに集合した私たちは、自然と女子で固まって、亜霜先輩が来るであろうガス燈通りのほうを見ていた。

オレンジ色の光が灯るガス燈が等間隔で設置された歩道は、まるでクリスマスシーズンのようにムードのある空間で、たくさんのカップルが歩いている。その中に混ざって、亜霜先輩が星辺先輩と並んで歩いてくるのを、私たちは待っているのだ。

もう、終わってるはず。

詳しい計画は聞いてないけど、元からこのくらいの時間に、引き上げる予定だったから。

だから——亜霜先輩の告白は、もう終わってるはず。

時間は、午後五時になろうとしている。

三十分も遅れている先輩を、それでも私たちは、文句の一つもなく、ただ待ち続けた。

「——あ」

会長が小さく声を上げた。

遅れて、私は見つけた。人混みの中から、頭一つ抜け出た長身を。

星辺先輩！

その隣には——午前に、私たちが総出で選出したデート服に身を包んだ、亜霜先輩が歩いている。

「……ふう」

会長が口元を緩め、小さく息をついた。

私も心が浮き立った。だって、ガス燈に照らされて歩く二人には、気まずそうな空気はない。腕が触れるくらいの距離で歩いていて、周りのカップルと比べてみても、ほとんど違和感がないくらい。

「先輩！」

私たちは軽く手を振って、歩いてくる二人を出迎えた。

星辺先輩は、私たちを一瞥（いちべつ）すると、無言で水斗たち男子のほうへ歩いていく。

……あれ？

おかしい、と……ようやく、私は気が付いた。

「先輩――」

亜霜先輩の顔を見る。

先輩は、私たち全員の顔を見て。

くしゃりと……笑った。

「ありがとね、みんな」

それは、笑顔の形をした泣き顔だった。

結果は、誰に言われずとも、その顔が物語っていた。

本気のおまえを見せてみろ

伊理戸結女◆恋が一言で呪いになる

「ふえええ〜〜〜〜〜〜ん!!」

亜霜先輩は慟哭していた。

お湯の中で明日葉院さんの胸を揉みしだきながら。

「フラれちゃったよお〜!!　ふいっ、ひっぐ！　なんでぇ〜!?」

私が今『なんで？』と訊きたかったけれど、あまりにも気持ちよく号泣しているものだから、突っ込むに突っ込めなかった。揉まれている明日葉院さんも哀れに思っているのか、大人しく亜霜先輩の腕の中に収まったまま、たまに「ひうっ」とか「んんっ」とかくすぐったそうな声を上げている。

「絶対イケると思ったのにぃ〜!!　センパイのバカああ〜〜〜っ!!」

これでも、帰りの決して短くない時間、亜霜先輩は泣くのを我慢していたのだ。他の人の目もあるし、何より星辺先輩に、涙を見られたくなかったのだろう。

けれど、逃げ込むように女湯に入ると、途端にこれだった。

人がこんなにも大泣きしているのを、私は久しぶりに見た——これを見るとつくづく、東頭いさなはなんだったんだという気持ちになる。

失恋というのは本来、このくらい人の心を傷つけるものなのだ。

本気であればあるほど、その傷は深く……昨日までの日常が、途方もなく遠くなる。

私の失恋は、先輩に比べればずいぶんと準備期間があったから、偉そうに語れはしないけれど……普段は頼もしい先輩の泣き顔が、（人の胸を揉みまくっていてさえ）、痛切に胸を衝いた……。

「不思議だね……」

会長が、少し悲しそうに目を細めながら言う。

「普段あれだけ仲良くしておいて、彼女にする気はないとは。男心とはまさに複雑怪奇だ。一体愛沙の何が気に食わなかったのだろうね？」

「わかんないよお～っ!!　ひっ、ふ……か、彼氏になってくださいって、い、言ったら……わ、『悪い。彼氏にはなってやれない』って……うえ～ん!!」

「ひゃうっ!?　ちょ、ちょっと先輩っ、そんな乱暴にっ……あぅんっ！」

明日葉院さんを揉む手がさらに激しくなった。亜霜先輩の心を慰められるのは、大好きな後輩のおっぱいの感触だけらしい。

会長は少し不快そうに眉をひそめた。

「彼氏にはなってやれない、か。星辺先輩も、最初からそういうつもりがなかったなら、もっとはっきり態度に示してくれればいいのにね」

「どっちかといえば、思わせぶりな態度を取ってたのは亜霜先輩のほうですけどね……」

「ダサいよお〜っ!!　あ、あんなに小悪魔ぶってたのに〜っ!!」

確かに、顔を覆いたくなるような恥ではある。私だったら、もう二度と星辺先輩とまともに顔を合わせることはできない……。

会長はちゃぷちゃぷとお湯の中を移動し、亜霜先輩の肩を軽く抱いた。

「そんなに泣いていると脱水症状になるよ。愚痴なら聞くから、少しは泣き止みたまえ」

「うえっ……えうっ……」

「――んにあっ!?　おっ、おい！　ぼくのまで揉むな！」

両手に花となった亜霜先輩を私は苦笑いで見やる。いま近付くと私まで餌食になりそう。

「……なんだか、どこかで聞いた話ですねえ……」

そうしていると、傍にいる東頭さんがしみじみと呟いた。

「脈があるとかないとか、信じられたもんじゃないですよねえ……。脈アリとか勝手に思っててすいませんって、恥ずかしい気持ちになりますよねえ……」

いていたのだろうか。

　失恋の翌日にはあっけらかんとしていた東頭さんも、やっぱりあの日は、こんな風に泣いていたのだろうか。

　会長のように、友達として同情してあげることは、私には難しい。だって、東頭さんがフラれたのは、他ならぬ私のせいなのだから……。

「……ごめんね。無責任に背中押したりして」

「いいですよ、今更。それを聞いてイケるって思ったのはわたしですしねー。……結局、わからないんですよ、蓋を開けてみない限り。だからあんなに怖いんです……」

　私は、蓋を開けてみたら成功だった。

　東頭さんと亜霜先輩は失敗だった。

　何がそれを分けるんだろう。私が次も成功するって保証はある？

　わからない。わからないから、怖い……。

　こんなに怖いなら、永遠に蓋を開けなくてもいいって、そう思ってしまうくらい……。

「ふえっ……うう。無理だよぉ、センパイぃ……。そんなこと言われたって……好きなの、やめたり、できませんよぉ……！」

　望みがないとわかっているのに、好きでいるのはやめられない。まるで呪いのようなその状態に、人はどこまで耐えられるんだろう。

「東頭さん……」

ましてや、一つ屋根の下で暮らしていたら。

私は、また嫌いになってしまうのだろうか──彼と、きょうだいになった頃のように。

……ああ、もう。

ただの想像なのに。ただの仮定なのに。

私はすでに、東頭さんが羨ましい。何事もなかったかのように、告白する前の関係に戻れた彼女のことが、空恐ろしいくらいに。

泣き続ける亜霜先輩に、私たちは通り一遍の慰めの言葉をかけることしかできなかった。

暁月（あかつき）さんが一人だけ、つらそうな目でその様子を眺めていた。

川波小暮（かわなみこぐれ）◆男と女

〈亜霜先輩、フラれたよ〉

暁月から届いたＬＩＮＥに、オレは目を疑った。

フラれた？　亜霜先輩が？　……星辺さんにかよ？

〈マジ？〉と確認すると、〈マジ。今みんなで慰めてる〉と返ってくる。どうやらマジらしい。暁月はネジが何本も外れた女だが、こんなつまらない嘘（うそ）をつく奴（やつ）ではない。

オレはスマホから、部屋の様子に目を移す。

「ぐおっ！　おい、やるじゃねぇか羽場！」

「オンラインで鍛えてますから」

「ぐがっ！　おいおい、やめろやめろ崖の外まで来んな！」

星辺さんは、オレが持ち込んだゲームで羽場先輩と対戦している。その様子に、いつもと変わったところはない。暁月に言われなければ、ついさっき、女子を一人フッてきたなんて気付きはしなかっただろう。対戦している羽場先輩も、壁際で本を読んでいる伊理戸も、気付いた感じは一切なかった。

星辺さんにとっちゃ、大した出来事じゃなかったのか？　いやいや、見ず知らずの女子に告られたわけじゃねーんだぞ。一年以上つるんできた生徒会の後輩だぞ？　それをフッて何も思わないほど、冷血な人だとは思えねーよ……。

〈ちょっと出てこられる？〉

そんなことを考えているところに、暁月からのメッセージが続いた。

オレの趣味に――いや、違うな。オレは幸せな恋愛が見たいのであって、他人の失恋を楽しむような趣味はない――とにかく、暁月がオレにわざわざ事情を説明してくれるとは思えねーが、このまま知らんぷりして部屋にいるよりは、よほどいいだろう。

「ちょっと飲み物買ってきます」

「おう」

星辺さんの短い答えを聞いて、オレは男子部屋を出た。

廊下を歩き、下の階に向かう階段に来ると、その手前で暁月は待っていた。暁月はオレの顔を見ると、「下行こ」と言って、階段を降りていく。オレはそれを無言で追った。

宿泊客が集まるフロントやサロンから遠ざかり、人気のない廊下で暁月は壁に背中をつける。視線の先には夜闇に沈んだ和風の庭園。だが、見ているのは別の何かだろう。

オレも、暁月と視界を共有するように、その隣に背をもたせかけた。

少しの沈黙の後、暁月はぽつりと言う。

「亜霜先輩がね、いっぱい泣いてた」

「……そうか」

「いつもはあんなに明るい人なのにね……。まあ、泣き方ちょっと面白かったけど」

ふふっ、と暁月は少し笑ったが、それにはどこか力がなかった。

「……訊かないの？　なんでフラれたのか」

「訊いたところで、どうすることもできねーだろ。昨日初めて会ったんだぜ、オレは」

「それもそっか。……まあ、あたしもわかんないしね、理由。ほんと、伊理戸くんといい、変な男子ばっかりだなあ……。応援した女の子、みんなフラれていっちゃうよ」

オレはハブられてたが、かつて東頭も伊理戸に告ったことがあるという。そのとき、一枚嚙んでいたのがこいつだ。伊理戸は見事、こいつの策略を跳ね返し、東頭をフッたわけだが……責任でも、感じているのだろうか。

「疫病神なのかな、あたし。周りの子はフラれるし、あんたは恋愛できなくなっちゃうし。なんかヘコんじゃうよ……」

「オカルト言うんじゃねーよ。別にお前は関係ねーだろうが」

「うん。わかってる……。でも、考えちゃったんだよね、泣いてる先輩を見てさ。……これから先、あんたのことを好きになった子が、こんな風に泣くんだろうな、……ってさ」

「…………」

オレがこの体質である限り、誰に告白されても、受け入れることはできない。どころか、下手すりゃその場で吐くことになる。考えうる限り最悪のフリ方だ。

それを——自分のせいだと。

お前は、思ってんだな。

「あたしが怒られて済むならそれでいいんだけどさ。きっとわかんないんだよね。あんたにフラれた子は、それがあたしのせいだってことが。あんた、たぶんモテるだろうし、これから何人もそういう子が現れる。あんたは何人も女の子を泣かせることになる。あたしは——あたしはね」

願うように、暁月は言う。

「あんたを、そんなひどい奴にしたくないよ」

だから、治さなきゃいけないのかよ。

現れるかどうかもわからない、未来の見ず知らずの誰かのために、無理やりにでもこの体質を治すってのかよ。

「……オレは――」

「ちょっと付き合ってよ」

有無を言わさず、暁月はオレの腕を摑んだ。

「行きたいところ、あるんだ。……知ってる？　半混浴の露天風呂があるって」

脱衣所の様子を見た限り、ちょうど他の客はいないようだった。

湯船が先に伸びて、細長い通路になっている、変な温泉だった。

ざぶざぶと温泉の中を歩き、奥へと進んでいくと、だんだん底が深くなってくる。茶褐色に濁ったお湯に、身体がすっかり隠れるくらいの深さになった頃、細長い通路が終わり、外が見えた。

露天風呂と言っていたが、実際には横長の窓から外が見えるだけの、半露天だった。それよりも気になったのは、オレが歩いてきたのとは反対側に、もう一つ湯船があったことだ。お湯とほぼ同じ高さの石垣が、一つの大きな湯船を半分に区切っている感じだった。

「あ、来た来た」

そこに、暁月がいた。

石垣の上に両腕を置き、平気な顔をしてこっちを覗き込んでいる。茶褐色の湯は透明度ゼロで、その身体は完全に湯に隠されていた。

反対側に女湯から繋がる通路があり、ここで合流しているのだ。ただし、濁り湯で身体はまったく見えない。そういう仕組みの半混浴なのだった。

「へへ……裸なのに見えてないなんて、なんか変な気分」

「……だな」

女湯側には、男湯側と同じく、他に一人もいない。早いのか、遅いのか、どうやら穴場となる時間らしかった。

「おいこら。探すな、他の女を」

暁月はジト目になって言う。

「いたってどうせ何も見えないでしょうが」

「うっせ。そうは言っても気になるだろうが」

「あんたって、スケベ心は普通にあるんだよね。そのくせ好きになられたら吐くとか、マジ理不尽」

誰のせいだと思ってんだよ——とは、言わなかった。

誰のせいなのかは、こいつが一番知っている。

暁月は石垣で頬杖をつき、からかうように笑う。

「混浴なんて、いつ以来だろね？　……あ、この前やったっけ？　家で」

「あれはお前が勝手に入ってきただけだろ。合意の上で一緒に風呂入ったのは――」

――付き合ってたとき以来だ。

記憶が遡る前に、オレは思考を止めた。これ以上進むと、平静ではいられなくなる。

「……昔は――小学生くらいの頃はさ。当たり前だったよね、一緒にお風呂入るの」

「ガキの頃はそんなもんだろ。それが普通だと思ってたよ」

「何年生のときだっけ？　あんたが急にさあ、『女ってどこからおしっこすんの？』って訊いてきて――」

「やめろや！　人の黒歴史ほじくってくんな！」

「あはは！　あたし、びっくりして泣いちゃって、あんた親に怒られてたよね！」

何も知らなかった頃の話だ。男と女の違いも。恋愛なんてものも。自分たちがどうなるかってことも――

「一緒に入らなくなったのはなんでだったっけなあ。あんたがあたしのおっぱい触ってきたんだっけ？」

「捏造すんなボケ。別にきっかけはなかったろ。もう大きくなったからって、なんとなく入らなくなって――」

なんとなくだ。全部全部、なんとなく。

なんとなく風呂に入らなくなり、なんとなく一緒に学校に行かなくなり、なんとなく教室では話さなくなり、なんとなく――恋人になった。

覚悟も、責任感も、何にもなかった。中坊なんざそんなもんで、女子に迫られたら呆気なく、猿以下の知能になってほいほいと飛びつく。そのくせ、思ったのと違うとなったらすぐに駄々をこね始める。

そのときのしっぺ返しを、今もまだ、受け続けている。

「――ねえ、興奮する？」

悪戯っぽく笑って、暁月は言った。

「JKになったあたしとの混浴……感想聞かせてよ、川波」

「……アホか」

オレは鼻で笑う。

「今、散々振り返っただろ。今更、お前と風呂入ったからって、興奮なんてするか――」

あの頃ほど、オレは無知じゃない。

男女を、恋愛を、覚悟を、後悔を、分別を。

どうしようもなく思い知って、今がある。

恋愛なんて、するものじゃなく見るものだ。

その答えに——変わりはない。

「……ふうん」

暁月の相槌は、どこか意味ありげだった。

オレが不審に思ったとき、暁月は男湯側との間を区切る石垣から離れ、ざぶざぶと、外が見える大きな横長の窓のほうに近付く。

そして、窓の手前にある、石組みの湯船の縁に手を掛けた。

「よいしょ」

ざぱっ——と。

飛沫が立った。

茶褐色に濁ったお湯の中から、白い背中が現れ、腰が現れ、お尻が現れ——

唖然とするオレの目の前で、暁月は身体をこちらに向ける。

一糸纏わず。

湯船の縁に腰掛けて、闇に染まった窓を背後に、濡れて照り輝く裸身を見せつける。

笑ったまま。

軽く首を傾げて、暁月はもう一度言った。

「本当に……興奮しない？」

その小柄な体格は、中学の頃とほとんど変わっていない。

けど、服の下に隠れていた身体は、しっかりと成長を遂げていた。腰からお尻にかけてのライン、ないように見えてしっかりとある胸の膨らみ——女性らしい曲線の数が、以前よりも明らかに多い。

子供みたいな背で、あどけない顔で、それでも艶めかしかった。

少なくともオレには——そう感じられて、しまった。

「……なんで……」

浮き立つ蕁麻疹と、湧き上がる吐き気を感じながら、オレは呻く。

「なんで……そこまで、するんだよ……」

疑問なのか。懇願なのか。

焼きついた猿以下の知能では、自問することさえままならない。

「オレは、今のままでよかったんだ……。それなりに仲直りしてよ……前みたいに、気の合う幼馴染みに戻れてよ……それで、悪くねー気分だったんだ……！」

我ながら、泣き声みたいだと思った。

ガキが、泣いているようだと思った。

「なのになんで——台無しになるようなことをするんだよ！」

終わってしまう。

居心地のいい時間が、終わってしまう。

そう思うと、悲しくて、腹立たしくて、頭がグチャグチャになる。

暁月は困ったように、少し眉尻を下げた。

「……台無しかな？」

「そうだよ。当たり前だろ……！　だって、そんなことをされたら――」

そんなものを見せられたら。

「――お前を、女としてしか見られなくなる」

頭の奥で、火花のようなものが弾けている。それはオレの脳を内側から塗り潰し、理性と呼ばれるものを上書きし、動物みたいな本能の色で染め上げていく。

嫌だ。イヤだ！　もうイヤだ。同じことを繰り返すのはイヤだ！　気色悪い、気色悪い、気色悪い気色悪い気色悪い！　綺麗なものだと思わせてくれ。男を、女を、人間を、もっと綺麗なものだと思わせてくれ。尊くて可愛くて美しい、綺麗なものだと思わせてくれ！

子供の頃の――思い出みたいに。

「ごめんね、こーくん」

無慈悲だった。

「そう言われるの、あたし……超嬉しいや」

はにかんだ笑顔を見るなり、オレは口を押さえた。

もう何も言えない。顔を上げることさえできない。ざぶざぶと、歩きにくい温泉の中を、オレは来た方向に戻っていく。

「……くそっ……」

それでも、消えなかった。

頭の中に、あーちゃんの裸身が焼きついていた。

「……くそっ、くそっ、くそっ……！」

脳味噌が心臓になったみたいにバクバクと脈打つ。

喉がひどく渇き、息がどうしても整わない。

こんな風になりたくなかった。

ずっと子供のままでいたかった。

男も女もなかった、ただの幼馴染みでいたかった。

なのに——消えない。消えない。薄れない。

ほのかに赤く上気した肌。なだらかな丘のように盛り上がった膨らみの先端。引き締まった太腿の隙間から垣間見えた——

「——くそおっ……!!」

思い出す。思い出してしまう。

その事実が、もう昔には戻れないことを証明していた。

伊理戸結女◆本気の見返り

布団に埋もれるようにして、すぅすぅと寝息を立てる亜霜先輩を、私は覗き込んだ。

「……泣き疲れたのね」

「喚いて、騒いで、やけ食いして、寝て……まるで子供みたいですね」

少し呆れたように、明日葉院さんが言う。確かに先輩の寝顔はあどけなく、まるで年下のように見えた。

「いえ、赤ん坊ですね。あんなに胸に執着するのは」

「しまいにはおぎゃあおぎゃあ言ってたもんね……」

「……人を、こんな風にしてしまうものなんですね、恋愛というのは」

呟くように言った明日葉院さんを、私は見つめる。

「信じられない？」

「そうですね……。そんなに騒ぐようなことかと、思いはします」

「まあ、亜霜先輩ほど騒ぐ人は少数派だと思うけど……」

私は苦笑する。お風呂から上がった後の夕飯も、それはもう見事なやけ食いだった。

「でも……自分でも意外なんですが……ちょっと、怒ってもいるんです」

「怒る？」

「星辺先輩に。……亜霜先輩をこんなに泣かせてまで、交際を拒否する理由がどこにあるんだ、って」

「……そっか」

会長も、そんな素振りを見せていた。やっぱり、多少はそう思うものなんだろう。亜霜先輩と親しい立場からすれば。

私は……前に、失恋をさせてしまった側だからかな。星辺先輩にも何か事情があるんだろうと、そう思ってしまう。

「不思議ですね……」

子供のように眠る亜霜先輩を見下ろして、明日葉院さんは言う。

「恋愛なんて、どうでもいいと思っているのに。……いざ、こんな風に大泣きしている人を見ると、少し絆(ほだ)されてしまう。わたしが勉強に必死なように——この人も、恋愛に必死だったんだな、って」

「……そうね。わかる。必死な人を——本気な人を見ると、肩入れしたくなる気持ち」

「本気……」

明日葉院さんは確かめるように呟いて、

「星辺先輩は……どこまで本気なんでしょう」

「え？」

「わたしは……星辺先輩が、何かに本気で取り組んでいるところを、見たことがありません。生徒会長をしていたくらいですから、優秀なのには違いないのでしょうけど——」

「それは……」

私は、星辺先輩の肩のことを知っている。

詳しくは知らないけど、おそらくは、何か、怪我で、……諦めざるを得なかったことを。

「『なんで』……って、亜霜先輩はずっと言ってました」

明日葉院さんは、生徒会に入るきっかけとなった先輩の頬を、母親のように撫でた。

「理由を、話してもらえなかったんでしょうか。理由を——話さなかったんでしょうか。亜霜先輩は……こんなに本気だったのに」

なんで、なんで、なんで。

譫言のように、亜霜先輩は何度も言っていた。

『彼氏にはなれない』。そう言われたと言っていた。だけど、なんで彼氏になれないのか、説明を受けたという話は、聞かなかった。

もし星辺先輩が、当の亜霜先輩にさえ、話さなかったんだとしたら——

「——……私も、ちょっとムカついてきたかも」

もし、東頭さんをフるとき、水斗が理由を少しも話さなかったら——その理由が自分自身だとしても、私はあの男にすごく怒っただろう。

勝手に好きになって、勝手に告白して、何を言ってるんだと思うかもしれない。だけど、そのくらいの責任は取ったたってバチは当たらないじゃない。今まで当たり前にあった気持ちを終わらせるんだから――ちゃんと介錯してくれたって、いいじゃない。

本気には、本気で返してほしいと思うのは、おかしいの？

「二人とも」

不意にそう声をかけてきたのは、紅会長だった。

「先に言っておくけれど、星辺先輩を詰めるような真似はよしてくれよ。愛沙に恥の上塗りをさせることになる」

「それは……わかってますけど」

「これは飽くまで愛沙と星辺先輩の問題だ。外野のぼくたちが直接しゃしゃり出るのはお門違いというやつだろう」

会長の言うことは正しい。亜霜先輩と一番付き合いが長くて、きっと一番腹を立てているだろうに、私たちの会長は冷静だった。

でも、だったら、どうすれば――

「――……本人たちの問題なら、本人たちに話させればいいいんじゃないですか？」

ぽつりと、突然、そう言ったのは、私でも明日葉院さんでも会長でもない。

東頭さんだった。

「告白を断られたからって、関わりがなくなるわけじゃないんですし……幸い、旅行は明日まであるんですし、ちょうどいいじゃないですか」

うぇへへ、とはにかむように笑って、東頭さんは言った。

「これは経験談なんですけど、告白って、二回目以降のほうがずっと楽ですよ」

この場で一番外野のはずの東頭さんの言葉が、なのに一番、説得力を持っていた。

……まったく、敵(かな)わないなあ。

経験者面でアドバイスしてたのが、遠い過去みたい。

「……なるほど。くくっ……なるほどね」

会長が愉快そうにくつくつと肩を揺らした。

「確かに、一度くらいで諦める理由はないか。しかも普段、あんなにもウザがられて、なのにまったくめげない愛沙が。ふふっ……ははは！　確かにそうだ！」

ツボに入ったらしく、会長は大声で笑った。

明日葉院さんが戸惑った顔になって、会長を見て、東頭さんを見て、私を見る。

「あの……いいんでしょうか？」

「まあ……いいんじゃない？」

しつこい男が嫌われるように、しつこい女も嫌われるかもしれないけど。

亜霜先輩の場合……普段から、もうすでに充分、ウザ絡みしているわけだし。

「よーし……そうと決まれば、今のうちに作戦会議だ」

そう言って、紅会長はドンと布団の上に胡坐(あぐら)をかいた。

「明日――六甲山にて、愛沙にもう一度告白させる。それで、あの朴念仁ぶったヘタレ野郎に、本音を引き出させるんだ」

「思った以上に腹に据えかねてたんですね、会長……」

そうして、女子部屋の夜は更けていった。

羽場丈児(じょうじ)◆最終日の状況

翌朝。旅行三日目――最終日。

宿のチェックアウトを済ませた俺たちは、荷物を先んじて自宅に送り返すと、目的の駅へと徒歩で移動した。

駅――と言っても、電車の駅じゃない。

ロープウェイだ。

有馬(ありま)温泉からは六甲山の山頂に繋(つな)がるロープウェイが直接延びている。これに乗って山頂を一通り観光した後は、別の駅からケーブルカーで麓に降り、最寄りの駅から京都に帰る。そういう日程になっていた。

「本当は竹田城跡にも足を運んでみたかったんだけどね。ここからでは遠いし、何十分も山を登るから、大所帯の今回はやめておくことにしたよ」

とは、企画者である紅さんの弁。

続けて、「今度二人きりで一緒に行くかい？」などと言ってきたので、「荷物持ちとしてなら」と答えておいた——下手に否定すると逆に勢いづかせることになる。

空中から見下ろす秋の六甲山は、燃えるような真紅に色づいていた。燎原を歩くかのような体験は、わざわざ旅行に来ただけの価値があると思わせるものだった。

本来なら、たぶんここで、亜霜さんが星辺先輩にくっつきながら騒いでいたのだろう。しかし現実には、二人は別々の窓から眼下の山を見下ろしている。亜霜さんなんか、騒ぐどころか、伊理戸さんや南さんに相槌を打っているだけだった。

別に俺じゃなくても、事情は明白だ。

亜霜さんの予定では、今日がカップルになって初めてのデートになるはずだったんだろう。それだけに、風景が綺麗であればあるほど、ありえたはずの別の現在が頭にチラついて、純粋に楽しめないのかもしれない。

一方で——俺は、別の男女のことも気にかかっていた。

星辺先輩と話している川波くんと、亜霜さんに話しかけている南さんだ。

この二人、今朝からまったく会話をしていない——というより、川波くんが一方的に、南さんを避けているように見えた。

「…………」

溜め息をこらえる。

気楽な旅行にはなりそうにないとは思ってたけど、予想がこうも当たるとは。

男女というものは本当に、一緒に行動させるとろくなことにならないな。

伊理戸結女◆本当に触れたいものは違うはずだ

もふもふもふもふもふもふ。

亜霜先輩が一心不乱に、羊の毛をもふもふしている。

ロープウェイに乗って六甲山頂駅に着いた私たちは、まずはその周辺にある異国風のエリアや、お土産物屋さん、眺めのいいテラスなどを一通り回った。

坂水さんたちやお母さんたちに持って帰るお土産も買えたし、収穫はあったんだけど、亜霜先輩はやっぱり元気がなくて……。

神戸を一望できるテラスを後にすると、おもむろにこう言ったのだ。

「牧場行きたい」

六甲山には牧場がある。近くのバス停からおよそ二十分と少し、バスに揺られていくと辿り着く。テーマパークのように整備されたその牧場は、あちこちに柵に囲われた放牧地があり、羊や山羊、乳牛などが、自由に暮らしているのだった。

聞いたことがある。人は追いつめられると、動物に癒しを求めると。

そして亜霜先輩は、場内を闊歩している羊を見つけるなり、ふらふらと引き寄せられていって、無限にもふり始めたのだった。

「フフフ……君は柔らかいねぇ……ガリガリのあたしと違って……」

癒されているはずなのに、亜霜先輩の口から漏れるのは怪しい笑み。

羊だけには留まらなかった。

ホルスタインを見つけてはその傍でしゃがみ込み、

「フフフ……君は巨乳だねぇ……。あたしも君みたいだったら良かったのかな……？」

可愛い兎を見つけては目を細めてそれを眺め、

「フフフ……あたしも君たちくらい可愛かったら良かったのにねぇ……」

見ていられなかった。

動物と女子高生という組み合わせが、こんなにも痛ましいことがあるだろうか。

亜霜先輩はフフフフフと笑いながら、真ん丸としたアンゴラウサギを撫でる。

「ああ……やらかい……あったかい……。動物飼いたくなってきたなぁ……。猫とか、お母さんに頼んでみようかなぁ……」

「「「それはいけない！」」」

　これも聞いたことがある！　ペットを飼い始めると、人は結婚できなくなると！

　私と暁月さんと会長の一斉ツッコミも意に介した風はなく、亜霜先輩はひたすら怪しく笑いながら、ウサギをもふもふし続けた。本当に重症だ……。

「……愛沙」

　まるでリストラを言い渡すときのように、会長は亜霜先輩の肩に手を掛けた。

「ぼくたちで話し合って、一つ決めたことがある。いいかい？」

「ふぇ？　なにぃ……？」

「ぼくたちはこの後、駅のあるほうに戻り、昼食を摂る。その後はケーブルカーで山を下って、京都まで一直線だ。ここに一つ、予定を挟む」

　私たちが変に間に入ったって、きっと拗れるだけ。

　外野の私たちに用意してあげられるのは、せいぜい時間くらい……。

「さっき散策したガーデンテラスの近くに、ちょっとした塔がある。山の上からの景色を楽しむための展望台だ。塔のてっぺんはさほど広くなく、大人数は入れない」

「え？　えっと……どゆこと？」

「そこに、星辺先輩と二人で行け」

「……エッ?」

亜霜先輩の声が裏返り、目が点になった。

「星辺先輩のほうはぼくが何とかしてやる。とにかく、キミはその塔の上に行け。そこで訊きたいことを訊いてこい」

「きっ、訊きたいことって……あたし、フラれたんだよ!?」

大きな声に、兎が逃げ散った。

「合わす顔もないのに……何を話せばいいかも、わかんないのに……今更もう、訊きたいことなんて……!」

「『なんで』って、何度も言っていたじゃないですか」

突きつけるように言ったのは、明日葉院さんだった。

「知りたいんじゃないんですか？　恋人にはなれずとも――星辺先輩が、何を考えているのかくらい」

「そ…………それ、は…………」

たとえ、恋人にはなれずとも。

何を考えているのか――そのくらいは、餞別としてくれたっていい。

「今更怯えるなよ、亜霜愛沙」

会長が、亜霜先輩の肩を力強く摑む。

「その程度で嫌われるくらいなら、キミはもうとっくに嫌われているはずだ。違うかい？」

「……違わない……」

「キミが好きになった男は、女をフッた理由さえ口にできない、情けない奴じゃない。違うかい？」

「……違わないっ……！」

「まあ、もしそれがキミやぼくたちの考え違いだったとしても」

会長はくつくつと、いつものように笑って。

「骨は拾ってやるさ。蘭くんの胸をいくらでも揉みたまえ」

「え⁉　会長⁉」

私たちは声を上げて笑った。

そう。失恋したって、死ぬわけじゃない。

恋破れた後に咲く笑顔だって、あるはずだ。

「……うぐっ……！」

亜霜先輩の目に、涙が溜まった。

「あたし……いいのかなぁ……？　まだ足掻いても、いいのかなぁ……？」

「バカだな。さっきも言っただろう」

会長は亜霜先輩の額を軽く小突いた。

「キミのウザ絡みを許可した奴なんて、最初からどこにもいないよ」

だから気にしなくてもいい。怖(おそ)れなくてもいい。

その勇気は——最初から、先輩の中にあるんだから。

川波小暮◆尊い

「はあ……」

山の空気はこんなに清らかで清々(すがすが)しいのに、オレが吐き出す息は重苦しかった。

隣を歩いていた伊理戸がちらりとこっちを見て、……何も言わずに歩き続ける。

「おい。なんか言えよ、伊理戸クンよ」

「なんかってなんだ？」

「気付いてんだろ！　オレが鬱ってることによ！　友人として心配の一つもねーのかよ！」

「別にないな」

「薄情な！」

まったくもって友達甲斐(がい)のねー奴だ。東頭にはあんなに過保護なのによ。

まあ、声をかけられたからって、何か言えるわけでもない。

せいぜい『何でもない』が関の山だろう。こんなに訳ありっぽいツラをした奴にそんな風に言われたら、オレだったらイラッと来る。だったら態度に出すんじゃねーよってなる。

そもそも、相談のしようがない。

幼馴染みを女として見てしまう自分が嫌なんだ――なんて、どう相談してみたって、共感を得られるとは思えない。昨夜の温泉でのエピソードを話したところで、惚気話以外の何物でもない。だからといって、もし形だけの共感や同情を示されたら、オレは平静ではいられなくなるかもしれない。

その辺を慮って、伊理戸は何も言わないでいてくれるんだろう――と、思っておく。

……思えばオレって、他人に悩みを相談したことねーなあ。

他人の悩みを聞くことはあっても、その逆はない――心を閉じてるってことなのか。フレンドリーに見せかけて、他人との間に一線を引いてるってことなのか。

その辺は、暁月の奴も似てるかもしれない。

あいつも、誰かに悩み相談をしてる姿が思い浮かばなかった。事実、オレの体質のことだって、たぶん誰にも話していない。

幼馴染みっていうより、きょうだいみたいだ。

そう思うと、オレのこの感情も当然って気がしてきた。姉や妹に興奮してる自分を見つけたら、そんな自分を気持ち悪いと思うだろう。

ただ一つ、きょうだいとは違うのは。

何の疑問もなく、あいつに興奮していた時代が、オレにはあるってこと。

それを棚に上げて、一方的にあいつをクソミソに言ってフッた事実が、あるってこと。

「……先輩、少しいいですか？」

少し離れたところにいる星辺さんに、生徒会長が話しかけていた。

女子組で行動していたはずだが、今は一人だった。どうしたんだ？

不思議に思ったが、次の一言で疑問は解けた。

「愛沙から伝言を預かっています」

ああ……そうか。

亜霜先輩は、諦めねーのか。

「『見晴らしの塔』で待ってます。絶対に来てください——と」

絶対に。

その一言を付け加えるのに、どれだけの覚悟が必要だったんだろう。

オレごときが女心を推測するなんて不遜もいいところだが、きっと軽々には口にできない一言だ。できれば、よければ、暇があれば——張れる予防線なんていくらでもある。何事もなくやり過ごせる可能性は、いくらでも作り出せる。

それが一番楽なんだ。

とりあえず今のところは終わらせて。いったん時間を置いて頭を冷やして。そうして、目の前の大きな、まるで壁みたいなタスクを先送りにして、後からぬるっと通り抜ける。できたはずだ。明日か、明後日か、学校で会ったときに、今まで通りに話しかける。たったそれだけで、少なくとも表面上は、告白する前の日常に戻ることができる。亜霜先輩にとってそれほどに、甘く誘惑する選択肢はなかったはずだ。

あの人は、それを蹴ったんだ。

壁に立ち向かうことを——選べたんだ。

昨夜……オレは、逃げることしかできなかったのに。

——恋愛なんてするもんじゃない。

つらいことばかりだ。ウザいことばかりだ。不安になって、翻弄されて、自己嫌悪して、何も上手く行きはしない。見てるだけのほうがよっぽどよっぽど面白い。

だからこそ。

それに立ち向かう人間は——尊いんだ。

「……あー」

星辺さんは視線を逸らした。

そして誤魔化すように言った。

「悪いが……亜霜には、断っておいてくれ。おれから言えることは何もねぇって――」

違う。

違うだろ。

違うはずだ。そうじゃないはずだ。間違っているはずだ。

返すべき台詞は――それじゃない。

「――会長さん」

このときオレは、ＲＯＭをやめた。

「心配しないでください。星辺さんはオレが、絶対に連れていくんで」

気付けば、後ろから星辺さんの腕を摑んで、オレはそう言っていた。

「おい川波。勝手に何言ってんだ？」

「すんません。でもオレ、ハッピーエンドしか受け付けないタイプなんで」

「はあ？」

「星辺さん――本気の人間には、本気で応えるべきっすよ」

ああ、どの口で言ってんだ。臆面もなく、厚かましく、いけしゃあしゃあと悪びれもせず。厚顔無恥とはこのことだぜ。てめえが一番できなかったことを、他人にばかり求めやがる。ブーメランを何個投げれば気が済むんだっての。

でも――

「――星辺さん、言ってたじゃないっすか。中学のときの話で……告白した勇気はすげーと思った、って」

「………それは……」

「どっちがすげーと思います？　何にも知らねーところからダメ元で告白するのと、今までの関係を天秤に乗せて、それでも告白すんの。どっちが勇気いると思います？」

そうだ。勇気が必要だったはずだ。

一〇年。

続けてきた幼馴染みをやめて――恋人になろうとするのは。

「本当にすげーと思うんなら――何度でも、ちゃんと。……付き合ってあげるべきなんじゃないっすかね」

怯えずに。逃げずに。現在に安穏とすることなく。

「カッコいいところ見せてくださいよ――先輩」

本気を見せた女に背を向けるなんて……ガチで、カッコ悪すぎだろ。

黙って聞いていた会長さんが、「ふふっ」と軽く笑って、星辺さんを見上げた。

「後輩に範を示さないといけませんね、会長」

「……おれはもう会長じゃねぇよ」

低い声で呟いて、星辺さんは「あーくそ！」と苛立たしげに悪態をつく。

それから、

「行きゃあいいんだろ、行きゃあ！」

と、やけくそになったみたいに言った。

「そこまで言われて逃げるほど腑抜けてねぇよ――くそっ。ウチの後輩は、どうしてこうもお節介が多いんだ」

「先輩の背中を見て育ったんじゃないですか？」

そう言って、会長さんはくつくつと笑った。星辺さんもお節介焼きだよな、実際んとこ。

星辺さんは「はあーっ！」と大きく溜め息をついて、オレたちを見る。

「そういうわけだ。ちょっと行ってくるわ。羽場、お前が最年長なんだからちゃんと一年の面倒見てやれよ」

「え？　いや、会長――」

「やれ。あと会長じゃねえ」

一方的にそう言い置くと、星辺さんは長い脚を動かして、バス停があるほうに去っていく。

その背中は、ついさっきまでより、少しだけ大きく見えた。

「……ＲＯＭ専じゃなかったのか？」

伊理戸がどこか呆れたようにそう言った。

オレは肩を竦めて、

「魔が差すことくらいある」

恋愛なんてするもんじゃない。

でも――しちまったんなら、それは仕方のねーことだ。

星辺遠導◆本気

ずぐん、ずぐん――と肩が痛む。

左の肩だ。普段は気にすることはない。利き腕とも違うし、日常生活には何の支障もない。予防接種の注射をしたときのほうが気になるくらいだ。

それでもたまに、疼くように痛むことがある。

そのときは必ず、一緒に浮かび上がるイメージがある。遠いゴールリング――伸ばしても伸ばしても届かない手――無残に負ける先輩たち――まるでパブロフの犬だ。どこまでも深く、どこまでも大きい無力感が、痛みとガチガチに絡み合ってやがる。

どうせこうなると、言われているようだった。

人には分というものがある。分不相応な理想を掲げれば、無理をした分、痛い目を見る。紅のような天才でない限り、その上限は意外と近いところにあるのだ。

だから、常に余力を残さなければならない。

何かあっても対応できるように。マズいと思ったら撤退できるように。余力を残して、余裕を持って、余分を確保しなければならない。

どうせ――本気になっても。

手痛いしっぺ返しを、喰らうだけなのだから。


「……よお」

狭い螺旋階段の終点で、そいつは待っていた。

昨日とは違う、薄手のロングスカートが風に靡く。服こそいつもと同じ、フリル多めの地雷系だが、いつもほどの痛々しさは感じない。アクセサリーを何も着けてないからか。いつものような――視線を集めよう、という気合いがそこにはなかった。

亜霜は、髪を軽く押さえながら振り返る。

その背後には、砂利のように細かい神戸の街が、一面に広がっていた。夜になれば、それはそれは美しい光の海になるんだろう――観覧車から見た夜景のように。

昼時だからか、他に人はいない。仮にいたとしても、亜霜はこのまま、誰もいなくなるまで待ち続けたかもしれない。そのくらいの覚悟が、無表情とも思えるその顔つきには、宿っていた。

「……来てくれたんですね、センパイ」

「まあな——紅と他一名に、脅されてよ」

このまま、だせぇまんま生きていくつもりか——と、問い詰められたようだった。

即座に言い返せなかった。その時点で、自分のダサさを認めているようなものだった。

……べつに、ダサくたっていいじゃねぇか。

そう思うのに——まだ、カッコつけたがるんだな、おれは。

「……先に言っておくが」

おれは重くなる気持ちに鞭を打って、口を動かす。

「何度告られても、おれの答えは変わんねぇぞ」

亜霜は少し寂しそうに笑い、

「いいんです、それは。昨日の今日でころころ答えが変わる人だとも思ってませんし——ま！　よくよく考えてみたら、今までだってフラれ続けてたようなものですし、大して変わりませんよね？」

「今までのは、ただの冗談みたいなもんだろが……」

「そうですね。……でも、今回のは、本気だったんです」

本気、……か。

「センパイ。……センパイは、今まであたしがどんなにダル絡みをしても、ちゃんと相手してくれましたよね」

「しなけりゃもっとダルい絡み方してくるからな」

「だったらそのついでに、答えてくださいよ。……なんで、付き合ってくれないんですか？　あたしと恋人になるの……そんなに、嫌なんですか？」

　はあ、と溜め息をつく。

　神戸はあんなに下なのに、青い秋空はひどくひどく遠い。

「別に……嫌だとは、思わねぇよ」

　言い訳は、もう思いつかなかった。

「うぜぇが嫌いではない。だりぃが疲れはしない。お前と喋（しゃべ）ってるときは……そういう感じだ。当然……楽しいときだって、ちゃんとある」

「それなのに……ダメなんですか？」

「……ダメ、だな。そうだ」

　口にすると、苦い味が歯の奥から染み出した気がした。

「お前だからってわけじゃねえ。これはたぶん……おれ側の問題だ。他の誰が……たとえ、お前以上に仲のいい奴（やつ）に告られたとしても、おれは同じように答えるんじゃねぇかと思う。……付き合えない。この答えは、お前に資格がないっていうんじゃなくて——そう。おれのほうに、その能力がないっていう、そういう話なんだ」

　付き合えない——付き合う能力がない。

恋人を作り、恋人として付き合っていく能力が、おれにはない。

「その関係性は、おれの分を超えちまってる。身に余るんだよ。仮に付き合ったとしても、おれはきっと、お前の思うような彼氏にはなれねえ」

中学のときの、あの女子のように。

お前もきっと、思ったのと違った、と思うだろう。

「だから、付き合えない。相手がお前だからこそ——お前を、むやみに傷付ける前に。はっきりと、そう言っておくべきだと思った」

自分で、少しびっくりした。

お前だからこそ——だって？

おれの中でこの後輩が、意外と大きい存在だったことに、今更ながら気が付いた。

でも、だからといって結論は変わらない。

相手がどうであろうと、おれにその力がないのだから。

「…………な……」

「ん？」

亜霜が何か言った気がする。

山風に掻き消されたそれに、おれは耳を傾けて、

「――――ふざけっっっっっっんなああああああああああああ――――――――っっっ!!!!!!」

――んなあー！　んなあー！　んなあー……――

山彦になるくらいの大声におれは仰け反り、危うく塔から落っこちそうになる。

おれはビリビリと痺れる耳を押さえながら、肩を怒らせてふーふーと鼻息を噴き出している後輩に抗議する。

「びっ……ビビらせんな！　危ねぇだろうが！」

「知りませんよっ!!　落ちればよかったんです!!　ビビりなセンパイなんか!!」

亜霜はずんずんと詰め寄ってくると、爪先が当たる距離からおれを睨み上げた。

「どんな理由があるかと思いきや、付き合う能力がない？　あたしの思うような彼氏になれないからって言いました!?　とんっっっだ勘違いですね、この童貞がっ!!」

「は……!?」

「あたしは！　センパイに、彼氏になってほしいんじゃありません!!　あたしの彼氏に！　センパイが!!　なってほしいんですっ!!」

「…………、はあ？」

何が違うんだ、それ？

戸惑うことしかできないおれに、亜霜はやれやれとばかりに溜め息をついた。

「いいですか、センパイ？　仮に付き合ったとして、あたしはセンパイに、今までと違うことは何も求めません。お喋りして、ゲームして、たまにご飯作ってあげて――これらはすべて、今までにもやってきたことです」

「あ、ああ、そうだな……」

「あたしはそういう、普通のときのセンパイを好きになったんです！　ウザそうにしながらもちゃんとあたしの話を聞いてくれるところとか、ゲームしてるときの『しまった』って顔とか、あたしが作ったご飯を無愛想だけど全部食べてくれるところとか、そういうところが好きなんですっ!!」

「お、おお……よく恥ずかしげもなく言えるな……」

「こうなったらノーガード戦法です！　小悪魔キャラなんかやってられますか!!」

やっぱりキャラだったのかよ。

「わかりましたか!?　あたしはですね、『彼氏になったセンパイ』じゃなく！　『センパイ』が好きで好きで仕方がないんですっ!!　そんな『センパイ』に、『あたしの彼氏』という席に座ってほしいんですっ!!　あたしのことを一番、誰よりもたくさん！　間近で見られる、特等席に!!」

……彼氏になったおれではなく……おれに。

「それは……嬉(うれ)しいが」

「それだけですか？」

「それだけじゃ不十分か？」

「不十分です。あたしが聞きたいのは、センパイの本音です。本気の——声です」

……本気の、声。

「センパイ」

亜霜は自分の胸に手を当てて、おれの瞳を覗き込む。

「あたしのこと、どのくらい好きですか？」

おれは大真面目な亜霜の瞳を覗き返す。

そうすることしかできなかった。

捕えられたように、目を動かせなかった。

「……好きなことは前提ってか」

「さっき、嫌いではないって言ったじゃないですか」

「好きと嫌いだけじゃないだろ」

「でも、無関心ではないですよね」

「それは……」

「じゃあ、好きなところもちょっとくらいあるはずですよね。それ、教えてください。さっきあたしがやったみたいに」

逃げることはできなかった。

右も左も山が広がるばかりで、空でも飛べなければ、どうやっても。

「……後輩には意外と面倒見がいい、とかか？」

「他には？」

「あー……料理が上手い」

「他には？」

「か……顔が可愛い」

「他には⁉」

「はあ？　ええっと……やるとなったら真面目で……」

絞り出すと、亜霜はにんまりと笑う。

「四つ目。……あたしが言ったのより多いですね、センパイ？」

「お前が無理やり言わせたんだろが！」

「それでも――好きなところ、あるじゃないですか」

……ああ、確かに。

今まで、考えもしなかったが――

「たぶん、好きなところと同じくらい、嫌いなところもあるんでしょうけど。それはおいおい、直していけばいいだけの話です。何せあたしは本気なので――彼氏色に染まる準備は、充分にできてますよ？」

「……おれがギャル好きだったらギャルになんのか？」

「余裕でなります」

「おれが独占欲まみれの拘束野郎だったら？」

「センパイ以外の連絡先全部消します」

「おれが同性愛者だったら？」

「手術して男になります」

それはさすがに嘘だろ――と思ったが、そう言い切れない迫力のようなものが、今の亜霜にはあった。

小首を傾げて、亜霜は言う。

「それでも、ダメですか？」

訊かれて、考える。

今まで考えもしなかった部分。おれという人間の、さらに底。

「……ダメ、だな」

結論は変わらなかった。

「お前が、おれにとってどれだけ都合のいい女になったとしても、結局、おれはそれを持て余すだけだ。お前が何も求めなかったとしても――おれが何も、求めることができない」

何を求めればいい？

身体（からだ）か？　承認か？　どっちも全然ピンと来ない。

求めるものがそんな程度なら、今の状態と大して変わりはしない。

「センパイは、何が欲しいんですか？」

おれは、何が欲しいんだろう？

「わかんねえ。……もうずいぶんと前に、わかんなくなっちまったよ」

「そうですか？　あたしにはなんとなく、わかる気がしますけどね」

亜霜はおれの正面から隣に回ってくると、悠然と広がる山頂からの景色を眺めた。

「あたし、小学校の学芸会で、主役やったんです。そのとき、人に見られるのに快感覚えちゃって。それ以来、誰かに見てほしい～！　って、ずっと思いながら生きてるんです」

「……そりゃ根深いな。だったら女優にでもなりゃ良かったのに」

「本当、そうですよね。当時のあたしも、考えはしたんですよ？　でも……本気になれなくて」

自嘲するように、亜霜は小さく笑った。

「人に見られるのは楽しいけど、それに人生懸けられるほどかっていうと、そうじゃなかったんです。欲求があるだけで、情熱も才能もなかった——自分でも悲しいくらい小さくまとまっちゃってて。子供なんだから、夢見るくらい自由なのにね」

だから、と。

亜霜は、塵一つない空を見上げる。

「ずっと欲しかった——誰かに見られたい、なんて雑念さえ混じらない、本気になれるものが」

ああ——不意に、輝かしい思い出が過ぎる。

ただ夢中でボールを追い、ゴールを目指していた、あの頃が。

「センパイ。何度も言いましたよね。あたしはもう見つけました」

本気だ——と、亜霜は何度も言っていた。

「センパイも——そろそろ本気、出しませんか？」

青い。

青い。

青い。

混じりっけのない、秋晴れだ。

……お前はすごいよ、亜霜。

挫けなかった。折れなかった。言い訳しなかった。誤魔化さなかった。

レイアップのようにまっすぐに、ダンクシュートのように力強く。

おれを、こんなところまで連れ出した。

すごいよ。すごい。
　本当に、すごい。
そんなお前の——おれは、センパイなんだ。

左手を、ゆっくりと持ち上げる。
下から前へ。前から上へ——
ずぐん、と痛みが疼(うず)いた。
しかし、左腕の動きが鈍ることはない。
おれはすでに知っていた。
痛みは幻。
記憶は過去。
今のおれを、縛るものではない——
——左手を、遠く遠く、空に伸ばす。
山の上の、塔の上。

近いはずの空には、だけどちっとも届かない。

――ああ、そうだ。

この空に比べれば――バスケのリングなんて、すぐそこだ。

「……はは」

幻痛は消えていた。

こんなにも近いのに……遠かったんだ。

「センパイ？」

亜霜の不思議そうな声が聞こえる。

おれは、その声を摑むように、左手を握り締めた。

「これ以上……だせぇところは見せられねぇな」

握り締めた拳を、胸の前まで下ろして開く。

当然、何もない。

何もないが、またすぐに、何か摑める気がした。

「亜霜……ありがとう」

「え？」

「おかげで少し、目ぇ覚めたわ」

摑むものはすぐに決まった。

おれは亜霜の肩を摑んで、強引に抱き寄せる。

「ひあっ……あ⁉」

「本気出せって言ったろ？」

細っこく、柔らかく、温かな亜霜の身体を感じながら、おれはその耳元で囁いた。

「風で聞き逃さないよう、よく聞けよ。おれさ……お前のこと、かなり好きだわ」

「っえ⁉　え⁉」

こうしてみると、よくわかる。

今、救われたからってだけじゃない。

危うい奴だと思ってはいた。けど同時に、強い奴だとも思っていたのだ。

それがどこか憧れで。だけど自分を見てるようにぐうたらで。

気付けばずっと――こいつのことばかり見ていた。

だから、そう。

答えは、最初から決まっていたんだろう。

「おれももう一生――お前のことしか見れねぇよ」

一生なんて重すぎる。

余力がない。余裕がない。余分がない。

それでも言いたかったから、言うことにした。

あまりに夢中で、余計な雑念は、混じらなかった。

「……ひぇ……？」

亜霜は目を見開いて、口をぱくぱくして、おれの顔を見上げる。

「いっ、今っ……今っ！」

「なんだよ。もっと喜べよ。お前の逆転勝ちだろ？」

おれも本気だから、誤魔化さずにもう一度言ってやろう。

「お前の彼氏になってやる。だからおれの彼女になってくれ」

亜霜の身体が、ぷるぷると震えた。

「――――ひぃやあああ～～～～～～っっっ‼‼」

やあ～‼　ゃあ～‼　ゃあ～……――

山彦が、空に溶けていった。

伊理戸結女◆本心は行動に表れる

塔の上から謎の奇声が響き渡ってきた後、数分して、先輩たちは降りてきた。

なぜか亜霜先輩が、星辺先輩の肩を借りて、覚束ない足取りで。

「どっ……どうしたんですか、先輩？」

怪我でもしたのかと思って声をかけると、亜霜先輩は星辺先輩の肩にしがみつきながら、

「こ……腰、抜けたぁ……」

「えっ……？　な、なんで……？」

「人間ってのは、心の底から驚くとこうなるらしいな」

星辺先輩がくっと笑う。その表情は前よりも柔らかく、なんというか——亜霜先輩に対する、慈しみがあるような気がした。

これは……まさか！

「愛沙……もしかして……」

紅会長が恐る恐る尋ねると、亜霜先輩はにへらと笑う。

「えへ。えへへ。えへへへぇ～～～」

「気色悪い笑い方してないではっきり言え」

「仕方ないなあ～。そんなに聞きたいかあ～。なら仕方ないなあ～。うんうん」

亜霜先輩はようやく自分の足でしっかり立つと、星辺先輩の左手をぎゅっと掴んで、その手をレフェリーみたいに高々と掲げた。

「ご紹介します！　わたくし、亜霜愛沙の彼氏の、星辺遠導センパイですっ！」

「どんな紹介だよ」

呆れたように言う星辺先輩は、けれど否定しなかった。

逆転勝利だ。

今日この日、最後のチャンスと言っていい十数分で、見事、亜霜先輩は想い人を口説き落としたのだ。

——と、同時に。

私と紅会長は、今、目の前の光景に驚いていた。

「……星辺会長……」

「肩……大丈夫なんですか？」

亜霜先輩に左腕を頭上まで持ち上げられているのに、星辺先輩はけろりとしていた。

あれ……？　反対側の肩なんだっけ？

「ああ、これな」

星辺先輩は自分の左肩を見て、

「なんだかんだあったんだよ。なんだかんだ」

「え？　何がですか、センパイ？　肩って？」

亜霜先輩が不思議そうな顔をする。その反応に、私たちはさらに驚いた。

「ちょっと待った。愛沙——キミ、先輩の肩のこと、知らないのかい？」

「え？　え？　何のこと？　マジでわかんない」

「星辺先輩は、怪我で肩が上がらないんですよ！」

私が言うと、亜霜先輩は「え⁉」と目を剝いて、慌てて星辺先輩の手を放した。

「うっ、嘘っ⁉　そうなんですか⁉　今の痛く——あれ？　でもあのとき……」

「いいんだよ。気にすんな」

星辺先輩は亜霜先輩の目をまっすぐに見つめて、自分の左肩に軽く触れる。

「これはもう——お前が、治してくれたんだ」

「え……？　ええ……？」

戸惑うばかりの亜霜先輩の手を摑み直すと、そのまま手を引いて、星辺先輩は歩き出す。

「そろそろ昼メシにしようぜ。腹減ったわ」

「あ、そうですね！　あたしも言われてみれば……」

「あたし？　おい小悪魔キャラ、『愛沙』はもういいのか？」

「ちょっ、からかわないでくださいよ！　……もう名前を言わなくても、覚えてくれてるでしょう？」

「それもそうだな、愛沙」

「ひえあっ⁉　いっ、いきなり呼ばないで〜っ……‼」

堂々とイチャつきながら歩いていくカップルを、私たちは後ろから見つめる。

亜霜先輩だけ——知らなかったんだ。

それって——

「——弱味を見せたくないと、思うものなのかな。好きな女の子には」

会長がこぼした呟きに、私はくすりと笑った。

お似合いじゃないですか、先輩。

川波小暮◆勇気

……ああ、見せてもらった。

見せてもらいましたよ、先輩。

だったら、焚きつけた以上は——後輩も、ちゃんと倣わなけりゃあ、な。

「——よっ」

階段に腰掛けていたオレに、そいつは軽く手を挙げた。

「何やってんのー？　一人で、こんなところでさ」

野外劇場みたいに弧を描く短い階段を、暁月は屈託なく、軽い足取りで上がってくる。

そう、逃げているのはいつもオレだ。

昨夜の温泉でも。病室で別れたときも。胃に穴が空いて倒れたことだって、オレがはっきりと物を言わなかったのが原因だとも言える。

「顛末を見届けてたんだよ。ほら、ここからだと、屋上がちょっと見えるだろ？」

そう言って、オレは後ろを振り返る。そこには白い煉瓦で組まれた塔があり、さっきまで星辺さんたちがいた屋上も、ここからなら少しだけ覗くことができる。

「うわー、ほんとだ」

ぴょこっと軽く背伸びして塔の屋上を見上げながら、暁月は言った。

「こういう場所、どうやって見つけんの？　もはやストーカーでしょ」

「お前に言われたらもう終わりだぜ。別に、周りをふらふら歩いてたらたまたま見つけただけだ」

話は、聞こえなかった。

たまに亜霜先輩が叫んでたのはわかったが――オレからわかったのは、二人の大雑把な動きだけ。

それでも、充分にわかった。

あの人たちが、本気で話し合っていたことを。

本気で――向き合っていたことを。

……まったく、参るよな。

あんなのを見せられたら、考えねーわけにはいかねーじゃん。

オレは、このままでいいのか？

自分の体質に、過去の傷に、恐れて、怯えて、見て見ぬフリをしたまま――そうやって、一生生き続けるのか？

暁月は、先に向き合う覚悟を決めたのに。

オレだけが、なあなあに誤魔化して作った逃げ場所で、安穏としていてもいいのか？

……余計なことを考えてるよな。

逃げたっていいじゃねーか。誤魔化したっていいじゃねーか。それを悪いことだと思うのは、きっとガキの間だけ。暁月につらいと言い出せず、結果、入院する羽目になったあの頃と何も変わらない。

でも、お前が踏み出しちまったなら、オレも付き合わなきゃならねーんだ。

だって、この傷は、オレだけのものじゃない。

お前のものでも――あるんだから。

「――なあ。改めて、聞かせてくれよ」

あーちゃんが正面から、オレの顔を見つめた。

彼女は一段下に立ち、オレは一段上に座り、いつもの身長差は、どこにもない。

「なんで、オレの体質……治そうと思ったんだ？」

本気の問い。本気の声。本気の言葉。

たった一つ、この質問をするだけのことに、どれだけの壁があっただろう。

知ったら戻れないかもしれない。

始めたら終われないかもしれない。

あーちゃんの意図に、心に、領域に、自分から踏み込む。それは不可逆の選択だ。今までのようになあなあにはしておけない。それを、オレからも彼女からも、互いに合意してしまう選択だ。

何よりも、この体質が——もはやオレの意思からさえ独立している、オレの心の傷が、怖い怖いと叫んでいる。

——また、なにもさせてもらえなくなるかもしれない。

——また、ペットのようになってしまうかもしれない。

——また、あーちゃんのことを、きらいになってしまうかもしれない。

その怖さを、怯えを、不安を、拒絶を。

全部乗り越えるのに——本気の覚悟が必要だった。

その覚悟の名を、……きっと、勇気と呼ぶんだろう。

「……ん」

オレが振り絞った勇気を、何かから気取ったのだろうか。あーちゃんは手遊びに自分のポニテの先をいじって、少し、迷うように視線を彷徨(さまよ)わせた。

「……このまま放っておくと、あんたが、たくさん女の子を泣かせることになるから——

っていうのは、もう言ったよね」

「ああ。それを防ぐのが、自分の責任だっつーんだろ？」

「そう……それも一つ。だけど、もう一つは——」

ぎちりと心臓を緊張させたオレを、あーちゃんは様子を窺うように見つめた。

「……ねえ。あんた、エチケット袋持ってる？」

「は？　……いや、オレ乗り物酔いしねーし」

「おっけ。一応用意しといてよかったなあ」

あーちゃんはごそごそとハンドバッグからエチケット袋を取り出すと、

「はいこれ。広げて。持って。使い方わかる？」

と、一方的に押しつけてきて、顔の下で広げさせる。

なんだこれ？　車に乗ってるわけでもねーのに——

「——もう一つはね」

あーちゃんは、氷が溶けるようにはにかんだ。

「いつかもう一回、堂々と好きだって言いたいからだよ、こーくん」

堂々と。

もう一回——

「——うぐッ……!!」

膨大な吐き気が腹の底から込み上げる。思わず背中を丸め、エチケット袋の口に顔を埋めた。ぞわぞわと蕁麻疹が全身を覆う。身体に火が点いたように熱が上がった。あっという間に脳髄が思考能力を放棄し、ぐちゃぐちゃの不快感だけがオレの中を支配する。

——けど。

だが。

それでも……！

「……ぐッ……、……ッ……、…………ん、はッ！」

吐かずに、エチケット袋から顔を上げた。

歯を食い縛り、込み上げる吐き気を嚥下する。脳細胞の中身をいったん空っぽにし、押し寄せる不快感に気合いをぶつけた。

あーちゃんは驚いた顔をして、

「の……飲んだの？」

「……昼メシの前で良かったぜ。……へへ」

喉の奥が少し酸っぱくなったが、それで留められた。

ウザったいアレルギーに……オレは耐えた。

——なんだ。できるじゃねーか。

「ああ——今、身に染みたぜ」

エチケット袋を暁月に突き返しながら、オレは無理やり口の端を上げる。

「確かに、この体質を放っておくのはだりーな。……いつまでも、お前にイニシアチブを取られっぱなしになる」

「そんなこと？　一応あたし、今あんたに告ったんだけど」

「今更だろ？　お前が未練たらたらの激重女だってことはよ」

暁月は不服そうに唇を尖らせて、

「なに他人事みたいに言ってんの？　昨夜、あたしに超興奮してたくせに」

「そうだな。そのくらいは認めてやるよ。お前の身体は意外とエロい！」

「……釈然としなーい……」

恋愛は綺麗なことばかりじゃない。欲も本能も密接に絡む。

だが——この体質に抗えたのなら、そのくらいは、きっと御せるはずだ。

欲に溺れることなく。本能に負けることなく。

清濁併せ呑んで。

向き合っていけるはずだ——勇気を持って。

「昨日は悪かったな、逃げ出したりしてよ。今度は隅々まで拝んでやるから心配すんな」

「開き直んなヘタレ！　イニシアチブはまだあたしが持ってるってこと忘れないでよね！」

「だから謝ってんじゃねーか。勘弁してくれよ。さすがに今は、これ以上耐えらんねーぞ」

吐く。今度こそ吐く。どばどば吐く。

ふうん、と暁月は薄っすらと笑った。

嫌な予感がしたとき、暁月は階段を一段上り、王様みたいにオレの顔を見下ろした。

「心配しなくても、下手に体調悪くさせたりしないよ。そこは安心して？」

「お、おお……じゃあなんで近付いて……？」

「――ちなみにぃー」

暁月が軽く腰を折った。

中腰になって、間近からオレの瞳を見つめた。

シャツの襟元が垂れ下がり、なだらかな胸元が少し覗いた。

「実験の結果、あんたがあたしにときめく分には、どうやら大丈夫みたいなんだよね」

暁月は悪魔のように小さく笑う。

「どう？　そのへん？　……正解？」

腹立たしいことに――

――心臓がむやみに加速するばかりで、吐き気も蕁麻疹も、やってはこなかった。

羽場丈児◆心地のいい夢

大方の予想に反して、一行は平和裏に帰途に就いた。

ケーブルカーに乗って下山した後、最寄りのバス停を目指して歩く。そんな中、大逆転勝利を収めた亜霜さんは、すっかり星辺先輩にじゃれついて、サービス精神旺盛なときの猫みたいになっていた。

星辺先輩のほうも今までみたいな塩対応ではなく、小悪魔ぶる亜霜さんを逆にからかい返したりしている。攻められるのは慣れていないのか、亜霜さんのほうがたじたじになっていた。

一方、距離を取っていた川波くんと南さんも、いつの間にか何事もなかったかのように話すようになっている。こっちは亜霜さんたちのように、大っぴらにイチャついたりはしていないものの、話し方や身体への触れ方などに、以前よりも遠慮がなくなっている感じがした。

伊理戸さん、東頭さん、それに伊理戸水斗についても、様子に変わりはない。伊理戸水斗と東頭さんが何か話しているところに、伊理戸さんが果敢に混ざろうとしている感じだった。昨日は伊理戸さんが遠慮している様子があったが、何かがあって吹っ切れたらしい。

そんな様子を、俺は一番後ろから眺めていた。

この三日、それぞれにそれぞれのドラマがあったんだろう。俺はそのどれにも関わっていない。関わる必要があるとも思えない。

俺はただ、彼らの背景であればいい。

それが自分の役目だと思っている。それが自分の天職だと思っている。恐ろしいのではなく、怯えているのではなく、本当に心の底から、この背景が心地いい。

「――ジョー」

なのに、一番光り輝く主役格が、背景の俺に話しかけてくる。

「どうだい？　今回の旅行は」

「……良かったんじゃないですか。なんだかんだで平和に終わって」

「まったくだよ。愛沙たちをようやくくっつけることもできたしね」

隣に並んだ紅さんは満足げに笑った。亜霜さんのことは、紅さんが一番背中を押していたからな。

「我が生徒会にも、ついにカップル誕生というわけだ。不思議な感覚だよ。身近に彼氏持ちがいるというのは。喜ばしいような、羨ましいような――」

「羨ましい？　紅さんが？」

「もちろん」

紅さんは俺の顔を見て、くつくつと意味ありげに笑う。

「ぼくも早いところ、可愛い彼氏が欲しいな〜？」

「……亜霜さんの真似ですか？　似合いませんよ」

「キミは羨ましくないのかい？」

「彼女なんて……欲しいと思ったこともありません」

誰かに選んでもらうということは、モブではいられないということだから。

俺は亜霜さんとは違う。むしろ真逆だ。誰にも見られたくはない——見る側ではいたくとも、見られる側にはなりたくない。

傍観者でいたい。野次馬でいたい。没個性でいたい。

「——俺は、みんなの背景でいたいんです」

それでこそ、みんなの役に立てる。

面倒事を俺に押しつけろ。些末な雑用を俺に任せろ。そしてみんなは、自分たちにしかできないことをしろ。

舞台の影に溶ける黒子のように、俺を使ってくれ。

みんなには——それだけの価値があるのだから。

「なるほどね」

聡い紅さんは、たった一言からすべてを了解して、微笑んだ。

「だったらこうしよう」

不意に、頬に柔らかなものが触れた。

「……えっ？」

振り返ると同時、紅さんがスッと身を離す。

そして――桜色の唇の前に。

人差し指を立てて、「しぃーっ」と言って、にやりと笑った。

「キミが背景から出てこないなら――ぼくがこっちに来るまでだよ」

そう言い置いて。

俺が呆然としている間に、紅さんは前のみんなのところへ――舞台の中心へと戻っていく。

俺は、まだ感触が残る頬に軽く触れながら、背景の中から、その背中を見つめ続けた。

……そんな……そんなこと。

あなたは、誰よりも――輝ける人なのに。

――俺が一番、見ていたい人なのに。

「…………………」

ああ、ちくしょう。

少しだけ、嬉しいと思ってしまった。

舞台の中心で輝く一番の女優が、舞台袖の真っ暗な闇で、一介の黒子に笑いかけてくれる——そんな、気色の悪い分不相応な妄想に、浸ってしまった。

本当に、やめてくれよ。

何者にもなれるあなたが、俺のためだけに何者でもなくなるなんて——

——そんな心地のいい夢を、見せようとしないでくれよ。

伊理戸水斗◆人生の目的

帰りの電車の中で、東頭はずっと、タブレットの画面を覗き込んでいた。

スタイラスペンは面倒なのか使わず、指だけでペイントツールに何かを描き込んでいる。あまり覗き込むのも失礼かと思って画面は見なかったが、やはり気にはなったので、手が止まった頃合いを見計らって話しかけた。

「何を描いてるんだ？」

「ラフですけど」

東頭はタブレットをくるくると回しては首を傾げ、ちょいちょいと指で何かを修正する。

「描けるようになったのか、背景」

「あ、いや、背景じゃないんです」

「そうなのか？」

背景を描けるようになりたいって言うから、この旅行に連れてきたんだが……。

「資料はたくさん撮ったので、背景は後で練習すればいいかな、と。今は、他に描きたいのがあって……」

「描きたいの？」

「見ます？　大体はできてますけど」

「君がいいんなら、興味はあるが」

どうぞ、と東頭は僕にタブレットを手渡してくる。

背景以外に描きたいの、か。何が東頭のインスピレーションを刺激したんだろうな——と。

大して気負いなく、そのラフを見てしまったことを、僕は後悔した。

ぞくりと、背筋を寒気が走る。

僕は絵の専門家じゃない。ましてやラフだ。何が上手くなったかなんてわからない。

普通なら。

一目瞭然だった。上手くなった、じゃない。変わった。絵を描くに当たっての、根本的な哲学みたいなものが、丸ごと変わったんだと思った。

なぜなら、この絵には魂が宿っている。

精神論でも根性論でもない。本当にそうなのだ。ただの美少女キャラのラフ。なのに、生きているように見える。この薄い板の画面の中に、彼女が、確かに存在しているように感じられるのだ。

以前に見た東頭の絵と比較して、原因はすぐにわかった。

表情だ。

今まで東頭が描いていた絵は、どれもほとんどが、美少女イラストでよく見るような笑顔の表情だった。そこに中身はない。ただ、なんとなく可愛いから、笑顔。それだけの記号的な表情だった。

けど、このラフの表情はどうだ？

悔しげにくしゃりと歪む目元。滲む涙。握り締められた拳。にも拘らず無理やりに作った笑み。横顔を見せる構図。風に靡く服。荒ぶるように乱れる髪先。

そのすべてが、説明されずとも語っていたのだ。

これは失恋のシーンだと。

「きっ、君……これ……」

「泣き喚いてる亜霜先輩を見て、ピーンと来たんですよ！『こういうのもいいな』って！

どうですかー？　切なくないですかー？」

一段飛ばしどころの騒ぎじゃない。

ライトノベルも相当量読んできた僕から見ても、こんなに強い表情を持ったイラストはほとんど見たことがない。

間近で、他人の失恋を見た——たったそれだけで。

気付いてしまったのか。

自分の才能が、どこにあるのか。

——震えて、しまった。

身体だけじゃない。心が——魂が。

この震えを、僕は遠い昔にも経験した。

田舎の古い書斎で、『シベリアの舞姫』を初めて読んだ、あのとき。

文字を通して曾祖父の人生に触れた、あのときと同じ——いや、それ以上の感動を、東頭いさなという人間そのものに感じてしまった。

ああ——もう誤魔化せない。

彼女の人生を知りたいと思ってしまっている。その傍で、誰よりも近いところで、この世の誰よりも早くいの一番に——東頭いさなという名の本を読みたい、と。

茫洋としていた自分の将来が、急速に固まった。

人は。

他人の才能に感動したとき、自然とそれに、傅いてしまうのだ。

自分の人生を、捧げてもいいと思えるほどに。

伊理戸結女◆少しの勇気と、大きな欲望

「それじゃあみんな、お疲れ様ーっ！　また学校でーっ！」

ニッコニコで手を振って、星辺先輩と一緒に去っていく亜霜先輩を見て、本当に良かったなあ、と今更のように胸が詰まった。

心を決めて、勇気を出して、フラれても諦めずに——

——私は、どうだろう？

亜霜先輩のように、行動できているだろうか？　心を誤魔化さずに伝え、変わることの恐ろしさに立ち向かえているだろうか？

正直、思っていた。

しばらくは今のままでいい。だって、私たちはただの男女じゃない。一つ屋根の下で暮らす、きょうだいなのだから。下手に告白なんてできない。普通の同級生とは違う。仮に付き合えたところで——もし、また別れたりしたら。

冗談では、済まないのだ。

無垢(むく)ではいられない。無謀ではいられない。現実的に考える必要がある。ただの義理のきょうだいだったら、感情に浮かされるままに行動していたかもしれない。だけど、中学時代に作った前科が、嫌でも私を現実的にしてしまうのだ。

恋人は、いつか別れる。

その後のことを考えなくていいのは——お互いに、他人である場合だけ。

加速する気持ちに対して、あまりにも覚悟が足りなかった。だから、棚上げにするしかなかった。無理に付き合おうとしなくてもいい。むしろ今くらいの関係が心地いい——あるいは。

何も変わらないまま。

ただのきょうだいのまま。

過ごしていくのもありじゃないかって……頭のどこかでは、考えていたかもしれない。

だけど——思ってしまう。

念願の恋が叶(かな)って。積年の想(おも)いが報われて。あんなにも幸せそうに、好きな人の隣を歩く亜霜先輩を見てしまうと——誤魔化しようもなく、思ってしまう。

——羨ましい。

私も、あんな風に……なりたい。

必要な準備は、きっと終わっていた。だって、私は亜霜先輩に教えられてしまった。

本気で向き合えば、本気で応えてもらえる。

勇気さえ出せば、摑める幸せがあるのだと——

私の中に、小さな火が点り、大きな炎が燃え上がった。

火の名前は勇気。

炎の名前は欲望。

小さな勇気が、大きな欲望に手を伸ばす。


「ただいまー！」

玄関を開けて、リビングに向かって言う。電灯が点いているから、お母さんか峰秋おじさんがいるはずだ。この三日、ちゃんと夫婦水入らずで過ごせたのかな？

一緒に帰ってきた水斗はただいまも言わずに、足早に階段を上っていった。三日ぶりだっていうのに無愛想な奴。今度注意しないと。

とはいえ、あんまりガミガミ言わないようにしないとね——いざ告白するとなったとき、気まずくなるかもしれないし。

……うん。告白する。これはもう、決めた。

ただし時間制限をつける。

今年中に――告白する。

それまでに、できうる限りの手段で、水斗に私を好きになってもらう。その過程で、向こうが告白してくれたら、それが最上だ。

来年には、私たちは恋人同士に戻っている。

もし戻れなかったらそのときは、東頭さんに倣い、ただの義理のきょうだいになる。

もちろん、そんな未来は、あまり考えたくはないけど――そのためにも、プランを練らないとね。今年が終わるまでの一ヶ月と少し、どんなアプローチを仕掛けるか――

「……結女。おかえり」

リビングのドアが開いて、お母さんが姿を見せた。

けど――その顔が、どこか沈んでいるというか……いや、戸惑っている、のかな？

「どうしたの、お母さん？　いい夫婦の日……楽しくなかった？」

「ううん。楽しかった。ありがとうね、結女。気を遣ってくれて――ただ、今日、ちょっと、連絡があってね……」

「連絡？」

「あなたに伝えるかどうか、少し悩んだんだけど……峰くんに相談したら、ちゃんと言ったほうがいいって。お人好しよね」

くすりと微笑むお母さん。微妙に惚気られている——けど、今は『連絡』とやらの内容が気になった。言い振りからすると、私に関係のあること……？

「実はね——」

気が重そうに、お母さんは言った。

「——あなたのお父さんが、あなたに会いたがってるの。水斗くんと一緒に」

あとがき

　あとがきを書くのもこれで八回目ですが、いい加減書くことがなくなってきました。一応毎回、副読書的な内容を書くことにしているんですけれど、正直なところ別に、解説するようなことなんてありませんしね。今回は『寝起き女子メンバーを口絵に入れよう！』と思って書きました。

　そもそも私はあとがき不要論者です。こんなどうでもいい落書きに何ページも使うのは無駄だと思っていて、事実、現行の私のシリーズであとがきがあるのはこの連れカノだけです。けど、うっかり1巻で書いてしまったので、この8巻に至るまでなんとなくずるずると書き続ける羽目になっています。ああめんどくさい。ツイッターでよくね？

　思い返してみれば、学生生活もこんな感じで、ずるずると惰性で十六年間続けてしまったような気がします。実際のところ、折り返し地点の中学校辺りで、学校という場所には飽きが来てしまって、その後の高校などは、ほとんど小説の取材のために通っていたようなものです。大学なんて言わずもがな。

　それを思うと、本気を出すべきものが割と早めに見つかった私は、幸せなほうではあったのでしょう。その代償として、クラスメイトの顔も名前も、ただの一人も思い出せませんけれど、そんなのどうだっていいと言えるくらいには、小説を読んだり書いたりすることに本気でした。元からそれしか選択肢が頭になかったので、愛沙や結女が悩んでいるような恐怖とは無縁でしたが。

だからと言って、私は結構特殊な人生を過ごしていると思うので、『何でも怖がらずにぶつかってみればいいぜ！』なんて無責任なことは言えませんけれど、何かに本気で取り組むということは、それが小説であれ漫画であれゲームであれ恋愛であれ、なかなか面白いことだと思います。どうやら連れカノの登場人物たちも、本気を出すに足るものを見出し始めているようで、作者としては嬉しい限りです。

でもまあ――必ずしも、それと恋愛が両立するとは限らないんですけど。

次巻、9巻ではようやく6巻の伏線を回収します。何のことだって？　よく読み直してみてください。どこの誰だかわからんおっさんが突然出てきて消えていったでしょう。

アニメのほうも順調に制作が進んでいる最中ですが、原作サイドの私としては、そろそろ『先』を見据えなければならない頃合いです。まさかとは思いますが、水斗と結女がヨリを戻せばそれだけでハッピーエンドになるだなんて、思っていませんよね？

そんなわけで、紙城境介より『継母の連れ子が元カノだった8　そろそろ本気を出してみろ』でした。一番本気を出したのは東頭いさなだったっていうオチ。

継母(ままはは)の連(つ)れ子(ご)が元(もと)カノだった8
そろそろ本気(ほんき)を出(だ)してみろ

著　紙城境介(かみしろきょうすけ)

角川スニーカー文庫　23024

2022年2月1日　初版発行
2022年6月10日　再版発行

発行者　青柳昌行

発　行　株式会社KADOKAWA
〒102-8177 東京都千代田区富士見2-13-3
電話　0570-002-301（ナビダイヤル）

印刷所　株式会社KADOKAWA
製本所　株式会社KADOKAWA

◆◇◇

Printed in Japan　ISBN 978-4-04-111953-2　C0193

★ご意見、ご感想をお送りください★
〒102-8177 東京都千代田区富士見 2-13-3
株式会社KADOKAWA　角川スニーカー文庫編集部気付
「紙城境介」先生
「たかやKi」先生

[スニーカー文庫公式サイト] ザ・スニーカーWEB　https://sneakerbunko.jp/

角川文庫発刊に際して

角川源義

第二次世界大戦の敗北は、軍事力の敗北であった以上に、私たちの若い文化力の敗退であった。私たちの文化が戦争に対して如何に無力であり、単なるあだ花に過ぎなかったかを、私たちは身を以て体験し痛感した。西洋近代文化の摂取にとって、明治以後八十年の歳月は決して短かすぎたとは言えない。にもかかわらず、近代文化の伝統を確立し、自由な批判と柔軟な良識に富む文化層として自らを形成することに私たちは失敗して来た。そしてこれは、各層への文化の普及滲透を任務とする出版人の責任でもあった。

一九四五年以来、私たちは再び振出しに戻り、第一歩から踏み出すことを余儀なくされた。これは大きな不幸ではあるが、反面、これまでの混沌・未熟・歪曲の中にあった我が国の文化に秩序と確たる基礎を齎らすためには絶好の機会でもある。角川書店は、このような祖国の文化的危機にあたり、微力をも顧みず再建の礎石たるべき抱負と決意とをもって出発したが、ここに創立以来の念願を果すべく角川文庫を発刊する。これまで刊行されたあらゆる全集叢書文庫類の長所と短所とを検討し、古今東西の不朽の典籍を、良心的編集のもとに、廉価に、そして書架にふさわしい美本として、多くのひとびとに提供しようとする。しかし私たちは徒らに百科全書的な知識のジレッタントを作ることを目的とせず、あくまで祖国の文化に秩序と再建への道を示し、この文庫を角川書店の栄ある事業として、今後永久に継続発展せしめ、学芸と教養との殿堂として大成せんことを期したい。多くの読書子の愛情ある忠言と支持とによって、この希望と抱負とを完遂せしめられんことを願う。

一九四九年五月三日

時々ボソッとロシア語でデレる隣のアーリャさん

Милашка❤

story by sun sun sun
illustration by momoco

燦々SUN
イラストももこ

ただし、彼女は俺が
ロシア語わかる
ことを知らない。

特設
サイトは
▼こちら!▼

スニーカー文庫

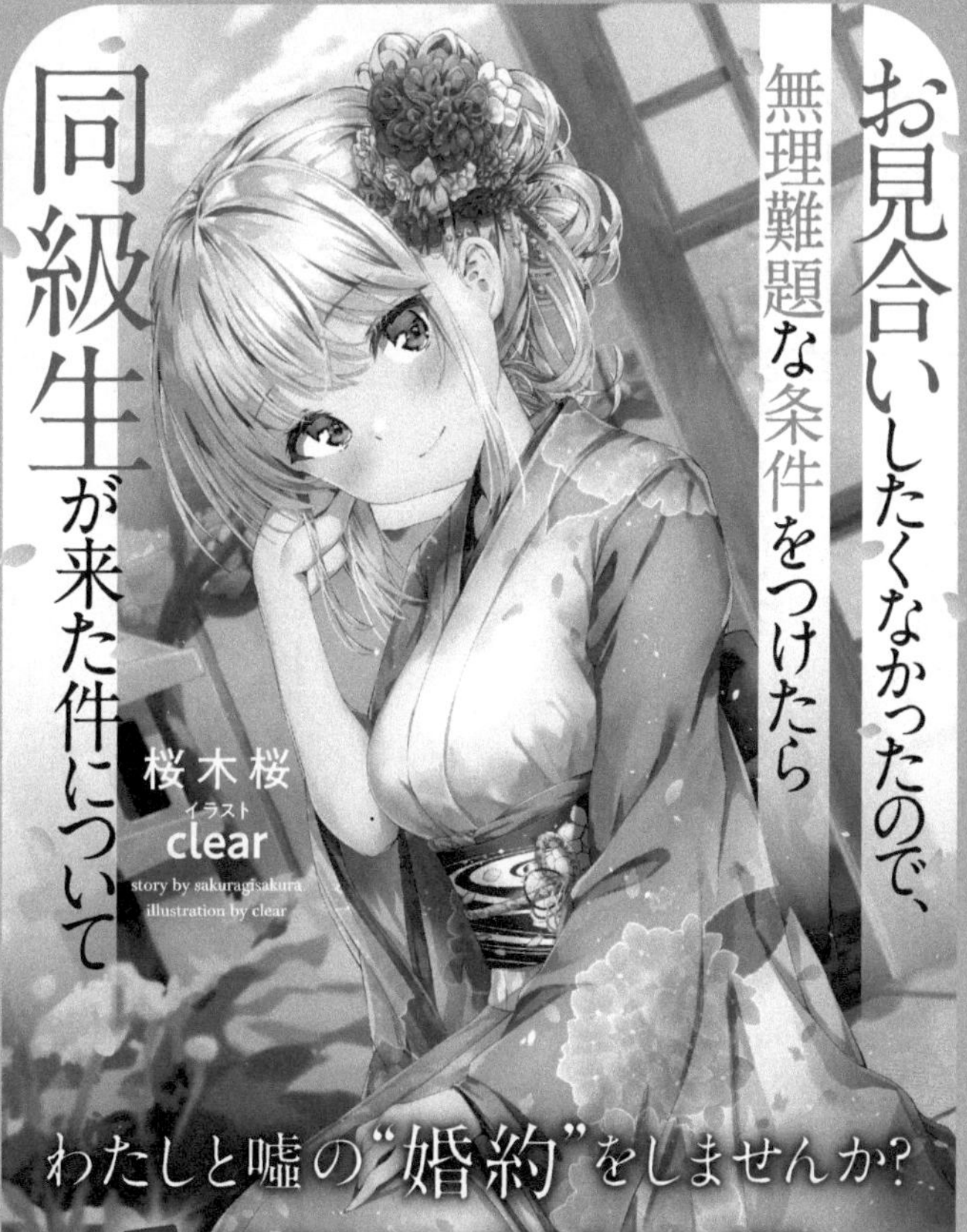
お見合いしたくなかったので、
無理難題な条件をつけたら
同級生が来た件について
桜木桜
イラスト
clear
story by sakuragisakura
illustration by clear
わたしと嘘の“婚約”をしませんか？
嘘から始まるピュアラブコメ、開幕。
お見合い話を持ってくる祖父に無理難題をつきつけた高校生・高瀬川由弦。数日後、お見合いの場にいたのは同級生の雪城愛理沙!? お見合い話にうんざりしていた二人は、お互いのために、嘘の『婚約』を交わすことになるのだが……。
スニーカー文庫

飛び降りようとしている
女子高生を助けたら
どうなるのか？
岸馬きらく
イラスト／黒なまこ
キャラクター原案・漫画／らたん
失意の底に落ちた少女との、
幸せな同居生活が
はじまる――
特設サイトは
こちら!
スニーカー文庫